CROSS NOVELS

朧月夜に愛されお輿入れ

NOVEL 真船るのあ

ILLUST 一夜人見

CROSS NOVELS

7
朧月夜に愛されお輿入れ

235
あとがき

CROSS NOVELS

朧月夜に愛されお輿入れ

「俺さ、今まで誰にも言えなかったんだけど」

と、彼、加美谷晴葵《かみやはるき》は親友の篤志《あつし》を前におもむろにそう切り出す。

「なんだよ、改まって？」

「俺……幽霊に取り憑《つ》かれてるかもしれないんだ」


今年二十一歳になった晴葵だが、その『幽霊』は物心ついた頃から彼の前に度々姿を現した。

大抵は夜、晴葵がベッドに入り、ウトウトと眠りに入りかけた時だ。

ふと目を覚ますと、枕許に『彼』は立っている。

普通なら驚きそうなものだが、記憶がないくらい前から見かけているので、初めは家族の一員だと誤解していたくらいだ。

幼稚園に通うようになり、ようやく我が家は父と母、そして自分の三人家族だということを認識した。

が、その頃にはすっかり慣れてしまっていて、夜中に現れても、ああ、また来たのかとしか思わないようになっていた。

『彼』は、一見すると二十代後半くらいの青年だ。

ただ、出で立ちが少々変わっていて、派手な柄の直垂《ひたたれ》に裾を絞った括り袴、肩には立派な毛皮がついた豪奢《ごうしゃ》なマントのようなものを羽織っていた。

現代にはいささかそぐわぬ、その奇妙な出で立ちは青年にはよく似合っていて、実に堂々たる風格だ。

銀糸のような美しい髪を背中まで垂らした彼は相当な美丈夫《びじょうふ》で、晴葵はこんなに美しい男を見たことがなかった。

「おにいちゃん、だぁれ？」

いつだったか、勇気を振り絞ってそう話しかけてみたことがある。

すると彼は、晴葵に気づかれていたことに少々慌てた様子で、ややあってこう答えた。

「我は、そなたを前世からの縁《えにし》により見守る者だ」

前世って、なんだろう？

その返事が、幼児には難しくて意味はわからなかったが、とりあえず彼が自分に害をなす存在でないのだけは伝わってきた。

「ようやく、ここまで来た……長かったぞ、晴葵。我を思い出さぬか？」

そう言われても、彼に見覚えなどあるはずがなく、ううん、と首を横に振る。

それを目にして、青年は少し悲しげな表情になったので、悪いことをしてしまったのかなと胸が痛む。

『彼』が必ず姿を見せるのは、雷が鳴った晩だ。

両親と一緒に寝ている頃は平気だったのだが、小学生になって自分の部屋を与えられ一人で寝るようになってからは、雷鳴が轟《とどろ》くと怖くてたまらず、布団の中に丸くなって震えていた。

すると、『彼』が現れ、ベッド脇に立つと、仰向けに寝かせた晴葵の腹の上へ右手を置いた。

「なにしてるの……？」

そう問うと、『彼』は真顔で、「こうすれば、雷神からそなたのヘソを守れる」と言った。

その手のひらはちゃんと温かく、彼の体温が伝わってきて、なぜか晴葵は安堵《あんど》し、そのまま眠ってしまった。

「え、それ実在してたら単なる変質者じゃねぇの？」

そこで、篤志からの突っ込みが入る。

「それが、どうも真剣に雷様から俺のヘソを守ってくれてたらしいんだよ」

「なんだ、それ。ウケる」

と、篤志は腹を抱えてゲラゲラと笑っている。

――やっぱ、誰が聞いても変な話なんだろうなぁ。

だが、気のせいなどではないと思う。

なぜならそれ以来、彼は雷が鳴ると律儀に晴葵のヘソを押さえに現れたからだ。

何度か続いた後、なんとなく悪いかなという気持ちになり、ある時「もうおヘソは隠さなくても大丈夫だよ。俺も大きくなったから、もう雷は怖くないよ」と伝えた。

すると、彼は「そうか」と納得し、以来雷の晩に現れるのをやめたのだった。

中学、高校の頃になると、彼が現れる頻度も減り、夜中ということもあって、それが夢なのか現実なのかさだかではないことが多くなった。

完全に意思疎通できる幽霊、やはりアレは自分の夢か妄想の産物なのだろうか？

「ガキの頃って、訳わかんない夢見たりするじゃんか。きっとそういうのだろ」

言いながら、ほら、と篤志が近くの駄菓子店で買ってきたチューブ型アイスを半分に割って寄越してくるので、お礼を言って受け取る。

そして、晴葵の店の前に置かれている竹製のベンチに二人並んでアイスを囓《かじ》った。

ここは、浅草《あさくさ》。

晴葵の家は、規模は小さいが創業約三百年にもなる和蠟燭《わろうそく》店で、篤志の家は近所にある老舗旅館だ。

同い年の二人は、小学生の頃から付き合いがある幼馴染みである。

一緒にアイスを食べていると、店の前を通りかかった近所の老婦人が、「あらあら、二人とも相変わらず仲がいいのねぇ」などと声をかけていく。

なにせ顔見知りが多いので、挨拶《あいさつ》するのも大変だ。

「晴葵〜、遊ぼうぜ〜！」

今度は学校帰りの小学生たちが、ランドセルを揺らしながら走ってくる。

「おまえら、宿題あるんだろ？　遊ぶのはそれが終わってからだ」

「ちぇ、つまんないの〜」

「寄り道せずに、まっすぐ家に帰るんだぞ」

彼らに手を振って見送ると、篤志が食べ終えたアイスの空き容器を回収した。

「おまえ、相変わらず子どもに好かれてるなぁ」

「同レベルって思われてるんだよ、きっと」

自分で言いながら、晴葵は苦笑する。

ご近所に恵まれ、皆に気にかけてもらえるおかげで、一人になった寂しさを紛らわせることができるのはありがたかった。

「それよかさ、これ一緒に参加しないか？」

そう言って篤志が差し出してきたのは、町内会の回覧板で、来月のバスツアーの誘いだった。

「バスツアーか……やめとくよ。祖父ちゃんの四十九日が終わったばっかだし」

篤志が届けに来たそれに目を通し、晴葵が呟く。

そんな彼を、篤志が物言いたげな視線でじっと見つめた。

「晴葵、その……大丈夫か？　一人で」

幼馴染みがそう案じてくれるのは、晴葵がたった一人の肉親だった祖父を二ヶ月ほど前に亡くしたばかりだからだ。

「大丈夫だって。そりゃ急だったけど、いつかはこんな日が来るって覚悟はしてたしさ」

平気なふりをするが、本当はかなり堪えている。

けれど篤志を心配させたくなくて、晴葵は罪のない嘘をついた。

「そうか……？　なにかあったらすぐ言えよ？」

「サンキュ。おまえだって旅館の修業大変なんだろ？　頑張れよ」

長男である篤志は、専門学校を卒業後に実家を継ぐため、現在旅館で修業中の身なのだ。

帰っていく篤志を見送り、晴葵もベンチから立ち上がって伸びをする。

加美谷和蠟燭店は、ちょっとした記念物に指定されそうなくらい立派な、築百年を超える純日本家屋だ。

一階部分が店舗で、二階が住居スペースになっている。

内装や外壁などあちこちリフォームしているが、店内は建築当時の趣《おもむき》を生かしたままなので、いつも木と蠟燭の匂いに包まれている。

晴葵が両親を亡くしたのは、十歳の頃のことだ。

夫婦で、親類の法事に参列するため、出かけた先での事故だった。

高速道路の玉突き事故に巻き込まれ、二人とも即死だった。

突然家族を失い、一人になってしまった晴葵を引き取ってくれたのは、父方の祖父である義郎《よしろう》だった。

数年前に祖母を病で亡くし、一人暮らしをしていた祖父の許に引き取られ、晴葵はこの家で成長した。

祖父はひどく寡黙《かもく》で、絵に描いたような職人気質の人だった。

だが、黙々と蠟燭の絵つけをする祖父の姿を見るのが、晴葵は好きだった。

無口ではあったが、祖父は晴葵のことを可愛がってくれた。

かなりの愛妻家だったらしいので、祖母に先立たれ、祖父も一人で寂しかったのかもしれない。

それから引っ越しと共にこの学区に編入し、小学校で同じクラスになった篤志と家が近いこともあってすぐ親しくなった。

晴葵の父は一人息子だったが、和蠟燭店を継ぐことを拒んでごく普通のサラリーマンになり、母と晴葵と共に都内のマンションで暮らしていた。

「俺の代でこの店も終わりだな」

それが祖父の口癖だったが、中学で進学先を決める際、晴葵は「祖父ちゃんさえよかったら、俺に継がせてよ」と申し出た。

気まぐれな思いつきなどではなく、真剣に将来を考えて出した決断だった。

引き取られてから自発的に店の手伝いや雑用などをこなしてきた晴葵は、祖父の仕事を尊敬し、この技術を後世に伝えていきたいと心から思ったのだ。

こうして、晴葵は十六歳という若さで、祖父の弟子として和蠟燭作りを一から学び始めた。

高校は夜間の定時制を選び、日中は修業しながら店を手伝って働き、夕方からは真面目に勉強もして四年間通い無事高校も卒業した。

この道に入って、約六年。

まだまだ教わりたいことは山ほど残っていたのに、祖父は和蠟燭師としては半人前の晴葵を遺し、あっけなくこの世を去ってしまったのだ。


夕方五時になったので店じまいし、晴葵は店の奥にある作業場へ籠《こ》もり、蠟燭の絵つけを始める。

店番をしている時も作業時も、いつも祖父と同じ作務衣《さむえ》にバンダナ姿だ。

まだまだ修業中の身なので、祖父から受け継いだ技術を少しでも研鑽《けんさん》しておかねばという思いが強い。

心臓に持病があった祖父は、こうなることを薄々予見していたのだろうか。

晴葵のために、蠟燭に関する技巧や原材料の仕入れ先等々、ありとあらゆることをノートに書き記して遺してくれていたので、それが晴葵の大切なバイブルだ。

そのノートを傍《かたわ》らに置きながら作業に没頭していると、時が経つのはあっという間で、ふと気づくと夜八時を過ぎていた。

作業場の電気を消し、バンダナを外して二階へと上がる。

まずシャワーを浴びてから、篤志が差し入れしてくれた、近所の総菜店のチーズたっぷりチキンカツ弁当をレンジで温める。

ご飯も大盛りの大ボリュームで四百八十円という破格の弁当は、晴葵の大好物なのだ。

一人だとなにも料理する気になれず、つい適当に済ませてしまうのでありがたかった。

——静かだな……。

今まではいつも祖父と二人だったので、一人きりだと無意識にテレビを点けてしまう。

あまり面白くないバラエティ番組を流しながら、もそもそと食事をしていると、やはり寂しさが募ってきた。

味気ない夕食を終え、溜めていた食器を洗ったり、洗濯物を畳んだりと細々した家事を片づけると、なんだか疲れたので今日は早々に寝ることにする。

朝晩は仏壇に手を合わせ、挨拶するのが日課だ。

これまでは両親と祖母、それにご先祖様に向けてだったが、そこに祖父も加わった。

仏壇には、静かに微笑んでいる彼らの写真が飾られている。

——祖父ちゃん、まだ一人には慣れないよ……。

手を合わせ、心の中でそう話しかけると、仏壇に置かれている香典袋に目が留まる。

まるで文庫本が数冊入っているのではないかという分厚さのそれには、なんと五百万円という大金が入っているのだ。

――そうだ、あれを返しに行かなきゃ……。

そうして、晴葵は思い出すともなしに、祖父の葬儀の日のことを思い出していた。


その日は、まるで天まで祖父の死を嘆いてくれているような小雨がぱらついていた。

祖父を失った現実をすぐには受け入れられず、慌てて買った喪服姿でただ茫然《ぼうぜん》とする晴葵を、近所の人々や篤志がなにくれとなくサポートしてくれた。

老舗だったせいか、はたまた祖父の交友関係が思いの外広かったのか、斎場を借りた葬儀にはたくさんの弔問客《ちょうもんきゃく》が訪れた。

祖父は元々心臓に持病があったのだが、数日前突然仕事中に倒れ、晴葵が急いで救急車を呼んだものの、運び込まれた病院でそのまま帰らぬ人になってしまったのだ。

あまりに急なことだったので、晴葵はなにがなんだかよくわからないまま、病院や葬儀会社と連絡を取り、なんとか葬儀の手筈を整えた。

今でも、これは自分が見ている悪い夢で、目を閉じたら覚めてくれないかと願ってしまう。

なにより、まだまだ祖父からは教わりたいことが山ほどあったのも心残りだった。

人は、本当に悲しいと涙が出るまでに時間がかかるものだ。

喪主席で魂を失ったようにぼんやりしていると、受付を手伝ってくれていた篤志がなぜか焦ってやってくる。

「晴葵、ちょっと」

小声で呼ばれ、会場の外へ出ると篤志が香典袋を一つ差し出してきた。

「これ、今焼香してるあの男の人が持ってきたんだけど……五百万って書いてあるんだよ」

「ご、五百万……⁉」

驚いて物陰で中身を確認すると、確かに分厚い帯封がついた百万の束が五つ入っていたので、仰天する。

香典には『朧谷葵一《おぼろやきいち》』と名が記されていた。

「ほら、あそこの背の高いイケメンだ。朧谷って人。金額が金額だから、一応知らせたんだけどさ。どうする？」

と、篤志が指し示したのは、百八十センチは軽く超す長身の男性だった。

後ろ姿なので顔はわからないが、晴葵が注目したのはその喪服の左腰辺りに提げられているものだった。

――なんだ、あれ……？

少し遠かったので目を凝らしてもう一度よく見るが、どう見ても刀にしか思えない。

いわゆる、太刀《たち》と呼ばれる日本刀だろう。

遠目に見ても金を散りばめた拵《こさ》えや柄《つか》の意匠が凝っていて、いかにも高級そうな刀だ。

それを特殊な革ベルトで、腰に帯刀しているのだ。

しかし葬儀に日本刀……⁇

「え……刀持って歩くのって、銃刀法違反じゃなかったっけ？」

思わずそう呟くと、篤志に「刀？　おまえなに言ってんだ？」と訝《いぶか》しげな顔をされてしまう。

「だって、その五百万の人、ほら、左腰に刀提げてるだろ？」

「は？　侍《さむらい》かよ？　現代日本で刀を腰に提げて歩いてる奴なんかいるわけないだろ」

指差して訴えるが、どうやら篤志にはその刀が見えていないらしい。

「……おまえ、大丈夫か？　やっぱりあんま寝てないんだろ。後で少し休めよ？」

あまり受付を空けておけないから、と篤志はそのまま急いで戻っていってしまった。

──え、これ俺の幻覚なわけ？　あんなにはっきり見えてるのに??

さっぱり訳がわからないが、とりあえず話を聞いてみなければ。

さすがに、こんな高額な香典を受け取るわけにはいかない。

晴葵はそのまま斎場の入り口で待ち伏せし、焼香を終えて出てきたその男性に思い切って声をかけた。

「あの、すみません」

晴葵に呼び止められた男性が、つと足を止めて振り返る。

彼の面差しを初めてまともに見た瞬間、晴葵は言葉を失った。

──似てる、あの幽霊に……。

その男性は、いつも晴葵の夢（?）に登場する、あの幽霊に瓜二つだったのだ。

髪型は、背から腰に届くほどの美しい銀髪だったのが、目の前にいる彼はごく普通の清潔に整えられた黒髪という違いはあるものの、瞳の色は同じ、吸い込まれそうな碧だ。

それに、顔立ちも本当によく似ていた。

それだけではなく、晴葵は彼から目が離せなくなる。

なんと表現したらいいのか、とにかく絵になる人物だ。

上質そうな喪服姿の、なにげないその一挙手一投足に、目が奪われてしまう。

一見すると、同じような参列客たちの黒い集団の中に紛れてしまいそうだが、その男性には他者が持ち得ない独特の雰囲気があった。

晴葵が半ば放心したように立ち竦《すく》んでいるので、件《くだん》の男性は「なにか？」と問いかけてくる。

そこでようやく我に返った晴葵は、よけいに焦ってしまった。

ちらりと視線を落とすと、彼の左腰には日本刀が提げられている。

うん、やっぱり幻覚じゃない、と思う。

だが初対面で『なんで日本刀を持ち歩いてるんですか？』ともさすがに聞けなくて、晴葵はとりあえず本題を切り出した。

「あ、あの……俺、喪主で、孫の晴葵といいます。さきほどいただいた、お香典のことでちょっと……」

すると男性は、斎場の外へ出るために手にしていた傘を差す。

そして、軒《のき》の下から少しはみ出していた晴葵にそれを差しかけてきた。

百七十三センチある晴葵が心持ち見上げるくらいなので、かなりの長身だ。

百八十五センチ以上はあるのではないか。

「お気持ちはありがたいんですが、あんなに高額なお香典は受け取れないです」

失礼かと思ったが、正直にそう告げると、男性は薄く微笑んだ。

その眼差しが、なにかひどく懐かしい者に出会ったような慈愛に満ちていたので、晴葵はとまどう。

彼とは初対面のはずなのに、なぜこんな目で見るのだろう……？

「祖父君にはとてもお世話になったゆえ、ほんの気持ちだ」

「で、でも……」

「一人になって、寂しくはないか？」

そう問われ、少し返事に困る。

相合い傘状態の二人の脇を、焼香を終えた人々が傘を差して帰っていく。

その流れを見ていると、忙しさで紛らわせてきた寂しさがぐっと胸に詰まってきた。

「正直言って、まだ実感なくて……不思議だけど、涙も出ないんです。でもこのお葬式が終わったら、やっと泣けるような気がします」

なぜ今日初めて会った人にこんな話をしているんだろうと思いつつ、凍えきっていた気持ちが息を吹き返してきたような気がする。

麻痺《まひ》していた感情が、少しずつ感覚を取り戻してくるような。

それ以上は言葉にならず、ぎゅっと唇を噛《か》みしめていると、男性がためらいがちに晴葵の肩を抱き寄せ、傘を深く差しかけてきた。

「傘で、周りの者からは見えぬ」

それは恐らく、泣いてもいいという意味なのだろう。

その穏やかな声音は、なぜだかひどく安心できて。

晴葵は、それまでずっと抑えてきた感情が久しぶりに迸《ほとばし》るのを感じた。

「う……ぅっ……」

子どものように身も世もなく泣きじゃくる晴葵に、男性はハンカチを差し出し、ただ黙って肩を貸してくれた。

ありがたくそれを借り、ひとしきり泣いてスッキリすると、ようやく我に返った晴葵は泣き腫《は》らした目許を隠しながら慌てて飛び退く。

「すみません、俺……」

ハンカチをどうしよう、洗って返すにしても、もう二度と会わない人だろうし……などと考えているうちに、彼は恐縮する晴葵からハンカチを受け取り、懐にしまった。

そして代わりに名刺入れを取り出し、一枚差し出してくる。

受け取った名刺には、香典と同じ『朧谷葵一』という名前と、自宅らしき電話番号だけが記されていた。

「晴葵」

ふいに名を呼ばれ、呼び捨てにされたが不思議といやな気持ちにはならなかった。

そして、やっぱりあの幽霊の呼び方に似ている、と思った。

「近いうち、そなたを迎えに行く。待っているがよい」

「え？　あ、あの……」

晴葵が困惑しているうちに、朧谷は小雨の中を悠然《ゆうぜん》と立ち去っていった。

その間、何人もの人々が彼と擦れ違ったが、誰も殊更《ことさら》振り返ったりはしないので、やはりあの日本刀は自分にしか見えていないように感じられる。

「いったい、なんなんだ、あの人……」

徐々に小さくなっていくその後ろ姿を、晴葵はただ見送ることしかできなかったのだ。


あれから、約二ヶ月。

早く返しに行かなければと思いつつ、葬儀後も家を訪れる弔問客の相手や、役所関係で手続きしなければならない雑事などが多くて、あっという間に時間が経ってしまったのだ。

気にはしつつも、彼が置いていった香典はまだ仏壇に供えられたままのうちに四十九日も過ぎ、ほかの香典返しも終わってようやく一息つけた。

最後に残るのはこれだけだが、いかんせん現金書留で送り返すには高額過ぎるので、やはり直接返しに行くしかないだろう。

——近いうち、そなたを迎えに行く。

あの時の、彼の言葉を思い出す。

なんだか不思議な人だった。

日本刀を持ち歩いているところからして、既に普通ではないのだが、その上、まるで時代劇の登場人物のような話し方をするのも変わっている。

だが、なぜか心に染み入る、忘れ難い感覚。

——いやいや、べつに寂しいから会いに行くとかじゃなくて、ただお香典を返しに行くだけだし！

そう自分に言い訳し、晴葵はとにかく明日訪ねてみようと考え、ベッドに入った。

翌日、店を早めに閉め、配達があったので何軒か回ると、午後七時を回っていた。

普段は店のロゴが入ったライトバンを乗り回しているが、香典に書いてあった住所は、意外にも晴葵の店から徒歩十五分ほどの距離だった。

なので、散歩がてら歩いて出かけることにする。

斜めがけのボディバッグに五百万を入れてきたが、こんな大金を持ち歩いたことがないので、内心気が気ではない。

つい挙動不審になって周囲を警戒しつつ、スマホの地図を頼りに歩く。

「ここか……」

目の前にそびえ立つのは、高層タワーマンションだ。

立地といいその外観といい、どこからどう見ても一般人には手の届かない、超高級物件である。

賃貸でも、家賃は月百万以上、分譲ならば恐らく数億は下らないだろう。

香典に五百万ポンと出すのだから、さぞセレブなのだろうと予想はしていたものの、いざ目の当たりにするとさすがに緊張してしまう。

だが、ここまで来たら行くしかないと覚悟を決め、思い切ってエントランスを潜る。

ロビーの正面にはホテルのフロントのようなカウンターがあり、その前を通らないとエレベーターホールには行けないようになっていた。

やはり、事前にアポを取ってから来るべきだったかと後悔しながら、ダメモトでコンシェルジュに朧谷の部屋番号と自分の名前を伝える。

すると予想外に「このままエレベーターにお乗りください」とすんなり通された。

朧谷の部屋は、最上階になる四十五階だ。

高速エレベーターに乗り、四十五階で降りると、そのフロアには朧谷の表札しかなかったので、この階は彼の専有階らしかった。

いわゆる、ペントハウスだ。

——こんなとこ住む超絶金持ちと祖父ちゃんが、いったいどこで知り合ったんだろう……？

恐れをなしつつ、インターフォンを押そうとすると、それより先に目の前の玄関が開く。

中から現れたのは、三つ揃いの黒いスーツ姿の朧谷だった。

なぜか指先が出ている黒の革手袋を両手につけていて、腰の刀と相まって厨二モード全開である。

さすがに葬儀の喪服の時はつけていなかったのだが、普段からこの出で立ちなのだろうか。

——刀を握るのに必要なのか……？　聞きたいけど聞けないっ！

晴葵は、好奇心を抑えるのに苦労する。

「そろそろそなたが来ると思い、急いで帰ってきたところだ」

「ど、どうも……」

うっかり聞き流しそうになってから、あれ、連絡してないのに、なぜ自分が来ることがわかったのだろうと疑問に思う。

「あ、あの……」

「入れ」

だが、問い質す間もなく、促されてやむなく中へ入った。

スリッパを借りて長い廊下を進むと、三十畳はありそうな広々としたリビングへ出る。

「わぁ……すごい……！」

窓は全面強化ガラスで、都内の夜景を一望できる。

その眺めの素晴らしさに思わず言葉を失っていると、そんな晴葵の足許へ一直線に小型犬が走ってきた。

茶色い毛並みの、可愛らしいポメラニアンだ。

犬は、晴葵の足にじゃれつくように身体を擦りつけてくる。

「こら、風吹《ふぶき》。そう興奮するでない」

「風吹くんって名前なんですか？」

犬は大好きなので、晴葵はしゃがみ込んで風吹の顔や背中を撫《な》でまくってやった。

風吹の興奮状態は大変なもので、まるで生き別れになった家族と再会したようなはしゃぎぶりだ。

しばらく犬を構ってやりながら、窓からの絶景を眺めさせてもらう。

都内の夜景を独り占めといっても過言ではない、まさに人生の勝者の住み処……！

あまりに別世界の住環境に、一瞬目的を忘れかけ、はっと我に返った晴葵はバッグの中からずしりと重い香典袋を取り出した。

「あの、今日はこれをお返しに伺いました。先日もお話しした通り、高額過ぎるので受け取れません。お気持ちだけいただきますので」

両手で差し出すが、朧谷は受け取ってくれない。

「我も、一度出したものは受け取れぬ」

やっぱり不思議な話し方をするなぁと思いつつ、これもキャラづけかなにかなのかなと考える。

「そ、そう言われても困ります……俺、なんのお返しもできないですし」

晴葵も、今日こそは引き取ってもらわなければと必死だ。

こんな大金、いつまでも家に置いておいては泥棒が心配で安眠できない。

すると、朧谷は少し思案するそぶりを見せ、唐突に言った。

「それはそうと、腹は減っておらぬか？」

「え……？」

「食事に行くぞ」

この状況で、なぜ食事？　と困惑しているうちに、強引にバッグの中へ香典袋を押し込まれ、あれよあれよという間に、再びエレベーターへ乗せられてしまう。

「あ、あのですね。こんな大金持って食事に行くとか、怖いんですけど……」

「我も一緒だから大丈夫だ」

なにが、どう大丈夫なのか⁇

小一時間問い詰めたかったが、地下駐車場に着くと朧谷は車のキーで黒塗りの高級外国車の助手席のドアを開けた。

「うわっ……すごっ……！」

それは海外の一流メーカーが作った特注モデルで、世界に三十台ほどしか存在しないと雑誌で見かけた車種だった。

値段は確か……約八千万円……!!

十八歳になってすぐ免許を取るほどの車好きではあるが、経済的事情で祖父が遺した店のライトバンしか所有できない晴葵は、思わず涎《よだれ》を垂らさんばかりに車の周囲をぐるぐると回ってしまう。

「は～……格好いい……」

「乗り心地もよいぞ。少しドライブするか?」

「……マジですか?」

ぜひ乗りたい、乗ってみたい。

こんな超高級な車、これを逃したら恐らく一生乗る機会など訪れないだろう。

いや、でもほぼ初対面の人の車に乗ってもいいいんだろうか?

などと葛藤しているうちに、朧谷はさっさと左ハンドルの運転席に乗り込み、エンジンをかけてしまう。

運転席に乗り込む前、腰の日本刀を外して後部座席に置いているので、やはり座る時は邪魔になるらしい。

そこでもう我慢できず、助手席に乗り込んだ晴葵は思い切って聞いてみることにした。

「その……日本刀、どうしていつも腰に提げてるんですか?」

すると、朧谷がふと微笑む。

「やはりそなたには、これが見えているのだな」

「え……ってことは、やっぱりほかの人には見えてないってことですか?」

弔問客たちも、まったく彼の日本刀を気にしていなかったので、葬儀以来の疑惑は確信に変わる。

「そうだ。これは我が愛刀、鳳凰丸《ほうおうまる》。いにしえより魔を斬る名刀だ」

「は、はぁ……」

黒スーツに日本刀を帯刀したイケメンなど、モロにラノベの厨二設定ではないか。

そう思ったが、さすがに口には出せない晴葵である。

結局、なぜ彼が日本刀を持ち歩いているのかは教えてもらえず、「シートベルトをつけろ」と促された。

「は、はい……」

急いでシートベルトをつけると、高級革張りのシートの座り心地は抜群で、思わずうっとりしてしまう。

「この車のオーナーさんって、すごいですね。車、お好きなんですか？」

「いや、走ればなんでも構わぬ。ディーラーがうるさく勧めてくるゆえ、これにしただけだ」

「え〜〜〜……」

予想外の返事に、思わず宇宙猫顔になってしまう。

世界中に、喉から手が出るほどこの車のオーナーになりたい人はたくさんいるだろうに、彼らに聞かれたら袋叩きにされそうなセリフである。

マンションの地下駐車場から車を発進させた朧谷は、お台場《だいば》方面へと車を走らせ、ベイブリッジを通過してくれた。

その後、港区《みなとく》まで戻ってきたので、宣言通り晴葵のために遠回りしてドライブしてくれたようだ。

最後に連れていかれたのは西麻布《にしあざぶ》にある、これまた超高級で有名な焼き肉店だった。

晴葵が常々、篤志相手に「一生に一度でいいから、ここの壺漬《つぼづ》けカルビを腹一杯食べてみたい」と力説するほどの憧れの店である。

その日の最高級品を厳選しているというメニューのほとんどが時価で、軽く飲み食いするだけで数万吹き飛ぶ高級店である。

さすがにためらっていると、朧谷に不思議そうに「どうした？」という顔をされる。

「いや、俺、こんな高い店で食べられるほど持ち合わせがないので……」

「そなたに払わせるつもりなど毛頭ない。行くぞ」

「え、いや、でも……」

朧谷がさっさと入ってしまうので、やむなく後を追う。

「いらっしゃいませ、朧谷様。ようこそお越しくださいました」

入店すると、既に待ち構えていた支配人らしき初老の男性が出迎えに飛んでくる。

彼に案内され、店の奥に向かう途中、店員の若い女性たちがちらちらと朧谷を見ているのに気づく。

――朧谷さん、すごいイケメンだもんな。

そこいらの芸能人より雰囲気のある彼のような男性が常連なら、彼女たちが浮き立つのも無理はないだろう。

案内されたのは個室だが、二人にしてはかなりの広さだ。

「個室の方が人目を気にしなくてよいであろう」

と、朧谷が言う。

確かに、こんな高級店に来たことがないので、晴葵としてはありがたい配慮なのだが、個室代がかかるのではと、さらに会計が心配になってきた。

「なんでも好きなものを頼むがよい」

「は、はぁ……」

席に着き、恐る恐るメニューを開くと、時価、時価、時価の嵐でくらりと目眩がする。

――軽く食べるだけで、俺の月の生活費が吹っ飛ぶよ！

恐ろしさのあまり、朧谷に任せると伝えると、彼はオーダーを取りに来た店員に次々と最高級A5ランクの肉を注文し始めた。

不思議なことに、篤志とスマホでネットメニューを見ながら食べてみたいと涎を垂らしていたものばかりで、まるで晴葵の好みを知り尽くしているかのようなセレクトだ。

アルコールも勧められたが、朧谷が運転で飲めないのに一人だけ飲めるほど神経は太くないので、ジンジャーエールを頼んだ。

料理が届くまでの間、二人きりが気まずいので、晴葵は必死に話題を探す。

「えっと……祖父とはどこでお知り合いになられたんですか？」

「ずっと以前からだ。彼の作る蠟燭が好きで、よく買わせてもらっていた」

「そうだったんですか」

祖父に引き取られ、晴葵は中学時代からよく店番をしていた。

こんなに目立つ客なら、店に来ていたら自分の記憶にも残っているはずなんだけどな、と内心首を傾げる。

朧谷は、見たところ二十七、八歳くらいだろう。

晴葵が祖父と同居して十一年ほどになるので、それ以前だと朧谷が店に通っていたのは未成年の頃ということになる。

それも不自然なのではないか？

晴葵があれこれ考え込んでいるうちに、テーブルには次々と肉が運ばれてきた。

「さぁ、どんどん食べるがよい」

「は、はい、いただきます」

革手袋を外し、意外にも朧谷が甲斐甲斐《かいがい》しく肉を焼いてくれるので、せっかくだからと遠慮なくいただくことにする。

「うま……っ!!」

一口頬張った極上カルビは、まさにとろけるほどのおいしさで、思わずうっとりしてしまう。

「こっちも焼けたぞ」

「は、はい」

朧谷はこんなにいい肉を実に無造作に焼くのだが、それがなぜか絶妙の焼き加減で、晴葵は勧められるまま、息もつかずに次々肉を頬張った。

そんな晴葵の姿を、朧谷は向かいの席からじっと見つめている。

その視線に気づき、晴葵は慌てて箸《はし》を置いた。

「なんか、俺ばっかりがっついちゃってすいません」

「そなたのために注文した。残す方がもったいない」

「は、はぁ……」

――なぜこの人は、こんなに慈愛に満ちた眼差しで俺を見るんだろう……?

どう考えても、彼とは今日で会うのはたった二度目なのに。

やはり、彼があのヘソ隠しの幽霊と似ていることがどうしても気にかかる。

「あの……」

「もっと食べろ」

「い、いいえ、もうたくさんいただきましたから」

そう遠慮しても、朧谷はまた追加で極上カルビを注文してしまう。

実際、晴葵の胃袋はまだ腹八分目だったのだが、支払いが気になって遠慮したのだ。

だが、まるで朧谷にはそのことがわかっているかのようだった。

結局、腹一杯になるまで食事を堪能させてもらって店を出る。

車に乗ると、朧谷はカーナビに住所を入力し始めた。

が、タッチパネルを押す手許がかなりおぼつかなく、えらく時間がかかっている。

「……これだから機械は好かんのだ」などとぶつぶつ呟いているので、「俺、やりましょうか?」と申し出る。

「頼む」

朧谷の言う番地を入力していくと、なんとそれは晴葵の店の住所だった。

――え、この人、なんでうちの住所暗記してるの……?

朧谷がなんのメモも見ずに暗唱していたので、晴葵はひそかに驚く。

不思議には思ったものの、どうして暗記してるんですかとも聞けず、代わりに「あの、まだ電車もあるし、大丈夫ですから」と遠慮した。

「送る。夜道は危ない」

「平気ですよ、俺、男だし」

悪いのでそう言ったのだが、朧谷はカーナビの案内通りに走り出したので、結局送ってもらうことになってしまった。

「あの、今日はありがとうございました。結局ご馳走になっちゃってすみません」

会計は、晴葵の一ヶ月分の生活費を軽々と超えていたので、どうすることもできなかったのだ。

「電話」

「え……？」

「なにかあったら、いつでも電話するがよい」

そう言い残し、朧谷はあっさり走り去っていった。

「……電話っつっても、家電の番号しか知らないし」

そういえば、朧谷がスマホを使うところを一度も見なかったが、もしかして持っていないのだろうか？

そんなことを考えながら、鍵を開けて裏口から二階の住居へ上がる。

そして、なにげなくボディバッグを外しかけ、叫んだ。

「あ〜〜〜！　五百万返すの忘れた!!」

高級肉や日本刀に気を取られ、すっかり香典袋をバッグに戻されたことを忘れていた晴葵は、青くなってスマホを取り出す。

――あ、まだ運転中だし、スマホの番号知らないし。

そう気づき、しかたがないので彼がマンションに戻るくらいまで待ってから家の電話にかけてみる。

すると、すぐ応答があった。

「もしもし？　朧谷さん？　加美谷です。さきほどはありがとうございました。あの、俺、お香典返すの忘れちゃって……」

『まだ言っておるのか？　受け取れぬと申したであろう』

「そういうわけにはいきませんっ、あの、口座番号とか教えてもらえませんか？　不躾《ぶしつけ》ですけど、振り込みでお返ししますので」

『断る』

「いや、そこをなんとか……」

このままでは、埒があかない。

どうしようかと途方に暮れていると、ふいに朧谷が言った。

『我は、遊園地というものに行ったことがない』

「……は？」

いきなりなにを言い出すのかと、晴葵はあっけに取られる。

『大人一人では、少々行きにくい』

「は、はぁ……でしょうね」

『一緒に行って一日付き合ってくれたら、考えてもいい』

「え、え～～～⁉」

どういう展開だよと慌てている間に、朧谷は『詳細は追って連絡する』と一方的に話を終えた。

「え、あの、ちょっと……⁉」

通話は既に切れてしまっていて、晴葵は思わずその場にしゃがみ込む。

「いったい、なんなんだ、あの人……？」

あれほど極上なルックスの持ち主なのに、話し方も変わっているが、言動もかなり突飛で振り回されてしまう。

そしてなにより、あの日本刀だ。

――イケメンだけど、やっぱりアブナイ人なんだろうか……。

晴葵は突然現れた、正体不明な彼に翻弄されっぱなしだった。


そして、三日後の朝。

晴葵は再び朧谷の車の助手席にいた。

なぜ、ほぼ初対面の自分が遊園地に付き合わねばならないのかと悩んだのだが、彼が指定した日時は店の定休日で、悲しいかな、なんの予定もなかったため、まぁいいかとあきらめたからだ。

ただし、大金を持って遊園地などとんでもないので、朧谷にはあらかじめ必ず帰りに家に寄って香典を受け取ってくれるよう言質《げんち》を取っていた。

――なんで、こんなことになってるんだ……⁇

もはや、すっかり朧谷のペースに巻き込まれている。

遊園地だというので、いつものラフなシャツにスキニーデニム、ボディバッグという軽装で店の前で待っていると、朧谷が例の超高級車で迎えに来てくれた。

「待たせたか？」

「いえ……」

今日はさすがにスーツ姿ではなく、初夏らしくカジュアルなサマーニットに薄手のジャケット、ボトムスという出で立ちだったが、やはり手には革手袋、腰には日本刀が提げられている。

うん、今日も厨二設定はブレてない。

まず初めに釘を刺しておかねば、と晴葵はのっけからかましておくことにする。

「帰りには、絶対絶対お香典受け取ってくださいね？　約束ですよ？」

「わかったわかった」

まるで気持ちのこもっていない相槌《あいづち》で軽くいなされ、晴葵はため息をつく。

車は静岡《しずおか》方面に向かっているので、恐らく目的地は『ラビットくん』のマスコットで有名な遊園地、ラビットランドだろう。

二十一歳になる晴葵も、ラビットランドへ行くのは小学生の頃以来だ。

「ラビットランドに行きたかったんですか？」

なにげなくそう質問すると、ハンドルを握る朧谷が、ぼそりと呟く。

「そなたが、行きたいと言っていたゆえ……」

「え、俺が？　そんな話、しましたっけ？」

まるで記憶がないのでそう確認するが、朧谷はそれきり無言になってしまう。

――そんな話する暇なんか、ぜんぜんなかったよな？

もし仮に自分が言ったとしても、なぜ朧谷が連れていかなければいけない義理があるのだろう？

彼の思考回路が謎過ぎて、首を捻るしかない。

そうこうするうち、快調に高速道路を飛ばし、二時間ほどで目的地のラビットランドへ到着した。

車をパークの駐車場に停め、朧谷が入園チケットを買ってしまったので、自分の分は出すと申し出るが華麗にスルーされる。

入ってすぐ、土産物などを売っているショップがあり、朧谷はさっさとそこへ入っていくので、やむなく後に続く。

すると彼は、パークのマスコットキャラクターのラビットくんの彼女で、垂れ耳がキュートなロップイヤーの『ラビ美ちゃん』になれるウサ耳カチューシャを取ると晴葵の頭につけた。

「な……」

「ここへ来たら、これをつけて園内を歩くのが作法だと聞いた」

「作法って……そんな決まりないですよ⁉」

成人男子のウサ耳はキツいものがあるので、晴葵はなんとかして断ろうと必死に思考を巡らせる。

「そ、そうだ！　朧谷さんもこれつけて歩けって言われたら、恥ずかしいでしょ？　だからやめときましょう？」

こう言えばあきらめるだろうと思ったのだが、朧谷は無言でその可愛いリボンつきカチューシャを二つ手に取り、レジへ行ってしまった。

「嘘だろ……」

会計を済ませ、店を出ると、朧谷は自分で一つ頭につけ、もう一つを晴葵に差し出してくる。

「……わかりましたよ。つければいいんでしょ、つければっ！」

もはやヤケクソで、晴葵もウサ耳カチューシャを装着して歩き出す。

その姿をまじまじと観察し、なにを思ったのか朧谷が微笑んだ。

「可愛いな」

「……‼」

不意打ちでドキンと鼓動が高鳴り、晴葵は動揺する。

――なんで俺、男の人相手にドキドキしちゃってるんだ⁉

「行くぞ」

「は、はい」

垂れウサ耳をつけた朧谷が颯爽《さっそう》と歩くと、すれ違う若い女性たちが「なにあれ、可愛い！」「ものすごいイケメンがウサ耳つけてる！」などと小声で騒いでいるのが聞こえた。

通りすがりにスマホで写真を撮られまくっていても、朧谷は意に介する様子もない。

気になってちょっと画像を見せてもらったが、朧谷の腰の日本刀は写っておらず、ほっとする。

――いや、ほっとしてる場合じゃないだろ。ほかの人には見えない刀が、なんで俺にだけ見えてるのかが問題だろ⁇

悶々と悩むが、当の朧谷は堂々と先に歩いていってしまう。

――イケメンのウサ耳、超目立ってる……‼

二人並んで歩くのは恥ずかしかったが、朧谷は脇目も振らずにパーク中央にあるアトラクションへ向かっている。

「乗るぞ」

そう言われたのは、宇宙船を模したゴンドラに乗って隕石を撃ち落とす、体験型のアトラクションだった。

――あれ、なんか見覚えあるな……？

なんだっただろう、と記憶の糸を辿《たど》ると、晴葵が小学生の頃、夢中になったアニメを元に作られたものだと気づく。

「懐かしいな……」

そうだ、思い出した。

当時このアニメに夢中で、両親にラビットランドへ連れていってとさんざんおねだりしたっけ。

「それじゃ、来月遊びに行こうか」

父がそう言ったので楽しみにしていたのに、二人はその一週間前に事故で亡くなってしまったのだ。

だが、そんなことを朧谷が知っているはずもない。

――まさか……偶然だよな？

なんとなく釈然としないまま、二人でアトラクションに乗り込む。

久しぶりに見たキャラクターは、やっぱり大好きだなと懐かしさを感じ、郷愁《きょうしゅう》を誘われた。

結局、空いていたこともあり、二回連続で乗ってしまう。

「はぁ、楽しかった！」

アトラクションを出た晴葵は、大きく伸びをする。

「いや、実は子どもの頃、これにすごく乗りたかったんですけど事情があって来そびれちゃってて。大人になってからじゃイマイチかなって思ってたけど、そんなことなくて楽しかったです」

「そうか」

朧谷は寡黙だが、なんとなく嬉しそうだ。

どう考えても、朧谷がこれに乗りたがるようには見えないので、彼はやはり自分を喜ばせるために付き合ったとしか思えない。

なんだか、捉えどころのない不思議な人だ。

そもそも日本刀や口調の件ももちろんだが、顧客程度の関係で香典に五百万も包んでくるところからして常識外れだし、見かけによらずかなりの天然だ。

「次、どうします？」

「そなたの好きなものに乗るがよい」

「そうですか？　じゃ、あれにしましょうか」

エンジンがかかってきたので、晴葵はせっかくの機会だからと、久しぶりの遊園地を思い切り楽しむことにする。

半日もすると、初めは気を遣っていたのに、だんだん朧谷と一緒にいることに慣れてくる。

見たところ、五、六歳くらいの年の差があるのも気にならないほどだ。

なぜだろう？

桁違いのセレブで、まるで生きている世界が違う人なのに。

なんだか、この人といると妙に落ち着く。

まるでずっと以前からの知り合いか、友人のような気さえしてくる。

「昼食はなにがよい？」

昼過ぎになって朧谷にそう聞かれたので、晴葵はラビットランド名物のウサウサバーガーがいいとリクエストした。

キャラクターを模《かたど》ったウサギ型のハンバーガーは、けっこうなボリュームがあって味もおいしかった。

朧谷はビーフシチューを頼み、なぜか晴葵にそれも食べろと勧めてくる。

確かに晴葵は肉が大好物なので、遠慮なく大きな塊肉をもらった。

「朧谷さんは、あんまり食べないんですね」

「さして食べずとも、支障はない」

「え、それってお酒で栄養補給してるとかですか？　身体によくないですよ？」

なにげなくそう言うと、朧谷はなぜか片手で顔を覆っている。

そして、「やはり、そなたは変わっておらぬな」と感慨深げに呟いた。

「？」

変わってないって、なにが？

朧谷はなにやら感無量といった様子で、なぜこんな話で感慨に耽《ふけ》ることができるのか、ますます彼がよくわからない晴葵だ。

「ところで、朧谷さんは楽しいですか？」

「なぜそのようなことを聞く？」

「だって……朧谷さんより、俺ばっか楽しんじゃってるし」

「それでよいのだ。これはデートなのだからな」

「え……？」

思いもよらぬ単語に、晴葵は思わず手にしていたポテトを取り落とす。

「デ、デートって、俺と朧谷さんが……？　ですか？」

「デートとは互いをよく知るためにするものなのであろう？　そなたには我をよく知ってほしい」

「えっと……」

それはいったい、どういう意味なのだろう？

男女ならともかく、男同士の場合は普通に遊びに出かける、とかなのでは？　と思ったが、言い出しそびれてしまう。

だって、朧谷ほどのルックス、財力、すべてに恵まれた人が、自分のような平凡な相手に言い寄るはずがないではないか。

多少引っかかったものの、朧谷の方はまったく平然としているので、そのままうやむやになる。

昼食で一息ついた後も、晴葵の希望するアトラクションにいくつか乗り、パーク内を精力的に歩き回った。

すると、その途中でポップコーンを売る屋台があり、朧谷がなぜかそちらに歩み寄る。

「ポップコーンも食べるがよい」

「え、いいですよ」

一応遠慮したが、朧谷はワゴンでバスケット入りのポップコーンを買ってきてしまい、そしてそれを晴葵の首にかけてくれた。

「あ、ありがとうございます」

そういえば、ラビットランドに来たかったのは、ここのポップコーンがおいしいと当時のクラスメイトが自慢していたからでもあったのを思い出す。

ようやく味わうことができたキャラメルポップコーンは、ふわふわ食感でおいしかった。

「朧谷さんもどうぞ」

歩きながらバスケットを差し出すと、朧谷も一つ摘まんで口に入れる。

「なんか、不思議だな……俺、小学生の頃、すごくここに来たかったんですよ。さっきのアトラクションに乗って、ここのポップコーン食べたいって、両親にねだったのを思い出しました。結局、連れてきてもらう直前に両親が事故で亡くなったので、それきりで」

「そうか」

朧谷は、上っ面だけの慰めの言葉は一切発しなかった。

その代わりに、「昔の分まで今日楽しむがよい」と言ってくれた。

「はい、そうします」

朧谷の言う通り、せっかくの機会なので童心に返って遊び倒そうという気持ちになる。

「次はあれに乗りましょう！」

さんざんアトラクションを回り、ふと気づくととっぷり日も暮れていたので、晴葵ははっと我に返る。

朧谷は淡々と晴葵の乗りたいアトラクションやショーに同行するだけで、どう見ても本人が来たくてたまらなかったという様子ではない。

ならなぜ、彼は今日ここへ自分を誘ったのだろう……？

無表情なので、彼の感情の動きがまるで読み取れず、晴葵は困惑した。

「すみません、俺ばっか楽しんじゃって。朧谷さん、見たいショーとかないんですか？」

「よくわからぬゆえ、そなたが行きたいところでよい」

「……なら、どうしてここに来たんですか？」

「……」

もう一度そう問うと、朧谷は無言で歩き出す。

都合の悪いことを聞かれると毎度スルーされるので、欲しい返事がもらえず晴葵は内心むくれた。

――この人の考えてること、ぜんぜんわかんないや。

結局夜のパレードまで見て、閉園時間近くになってしまう。

すると、朧谷は「夕餉は鰻《うなぎ》だ」とパークを出て車に乗るなり言った。

「え、いいですよ、そんな高いものじゃなくて」

確かにこの辺は鰻が名物で、そして、晴葵は鰻も大好物だったが、値段を考えると尻込みする。

が、再びその遠慮はスルーされ、否応なく連れていかれたのは、ラビットランドからほど近くにある高級料亭だ。

みごとな日本庭園もあり、敷地も広大で、座っただけで数万吹き飛びそうな店構えに、晴葵はまた内心青くなる。

「こ、こんな高級料理ばっかりご馳走になる謂れがないです。どこか、もっと安い店にしましょう」

「鰻、好きであろう？」

「え、ええ、好きですけど……」

と、頷《うなず》き、なぜそれを彼が知っているのだろうと疑問に感じる。

「でもなんで、俺が鰻好きだって知って……あ、ちょっと！」

また朧谷は都合が悪くなったのか、さっさと料亭の中へ入ってしまったので、晴葵はやむなく後を追う。

予約していたのか、二人は丁重に迎えられ、個室へ通された。

まるで殿様のような肘掛けつき座椅子に座らされ、晴葵はそわそわと落ち着かない。

「ホントに困ります……こんなに何度もご馳走していただく理由がないし。うちの店、マジ儲かってなくて、そんなお返しとかできないんで」

「我は貸しを作っているつもりはないが、そのように気になるなら、次はそなたがよく行く店に連れていってくれ。それで貸し借りなしだ」

「え〜、俺が普段行く店って、回転寿司とかですよ？」

とても今までご馳走になったお返しには釣り合わないと抗議するが、朧谷がかたくなにそれでいいと言い張るので、渋々了承することにした。

「わかりました。それじゃ、次は俺が奢《おご》りますからね？」

そう言ってしまってから、これでまた朧谷と会うことになってしまったと気づく。

「その代わり、今日こそお香典受け取って帰ってくださいね？　約束ですよ？」

「鰻巻《うまき》きも頼むか？　白焼きと肝吸《きもす》いもいいな」

「はい！　……じゃなくて！」

絶対に朧谷が受け取ると明言しないので、晴葵はむくれる。

だが、次々と運ばれてくる料理はどれも絶品で、つい夢中になって食べてしまった。

一流職人が捌き、熟練の技で焼き上げた鰻は肉厚ふわふわで、皮も口に残らない。

タレだけでご飯大盛り三杯はイケる、と思った。

そんなこんなですっかり帰宅が遅くなってしまい、帰りも朧谷が店の前まで送ってくれた頃には夜十一時を回っていた。

シートベルトを外し、助手席を降りる前に、晴葵は朧谷にぺこりと頭を下げる。

「今日はありがとうございました。あの……」

「なんだ？」

「俺なんかと遊んで、楽しいんですか？　年もちょっと離れてるし、朧谷さんなら女の人誘ったら、いくらでも一緒に行ってくれると思うんですけど」

少々失礼かなとは思ったが、不思議でしかたなかったので直球でそう聞くと、朧谷は平素の無表情で答える。

「我には、友達も恋人もおらぬ」

「え……マジすか？」

「うむ、おらぬ」

実にリアクションに困る返事を二度繰り返され、これは地雷を踏んでしまったか、と晴葵は内心冷や汗を掻く。

しかし、これだけのセレブだというのに、寄ってくる人間がいないというのは本当なのだろうか？

金持ちの世界では皆人脈作りに勤しみ、常時パーティを開いているようなイメージを抱いていた晴葵には、ひどく意外だった。

――朧谷さんも、俺と同じ天涯孤独なのかな……？

寂しくないんだろうかと聞きたかったが、あまりに不躾な気がしてできなかった。

すると、まるでそれを察したかのように、朧谷が晴葵に向かって、「寂しくはないか？」と尋ねてくる。

「……どうして、いつもそれ聞くんですか？」

たとえ自分が寂しかったとしても、この人にはなんの関わりもないことなのに。

そう問い返すと、朧谷は少し返事に困るような表情になった。

そして、「寂しくなったら、いつでも連絡するがよい」とだけ呟く。

「あ、そういえば朧谷さんってスマホ持ってないんですか？」

ずっと疑問に思っていたことを聞くと、彼は「煩わしい機械は持たぬ主義だ」とだけ答えて晴葵を降ろすとそのまま走り去ってしまった。

――ヘンな人……。

出会ってからずっと、朧谷に振り回されてばかりいる気がする。

晴葵はため息をつき、裏口の鍵を開けて家へ入った。

「あ～～～!!　また忘れた!!」

あれだけ気にしていたはずなのに、また五百万を朧谷に返し忘れたことを思い出し、つい大声で叫んでしまった。

「そいつ、ゲイだろ。おまえ、絶対狙われてるって」

隣でアイスを嚙る篤志が、あきれた声を出す。

ここ最近の一連の事情をかいつまんで話すと、きっぱりとそう断言されてしまった。

「あの香典、おかしいと思ったんだよ。大金でおまえの関心引こうとしてたんじゃねぇの？」

「え〜、そんな下心あるような感じはないんだけどなぁ。すごいセレブでイケメンな人だから、俺みたいなの相手にしなくても、メチャクチャモテそうだし」

「蓼《たで》食う虫も好き好きって言うだろ」

「さりげなく失礼だな、おい」

と、晴葵はふざけて親友の足を蹴る真似をする。

「それはまぁ冗談として、マジで気をつけろよ？　おまえ、けっこう抜けてるとこあるからな。ホテルとかに連れ込まれるなよ？」

「大丈夫だって。俺、自慢じゃないけど超モテない青春送ってきたし」

篤志の心配はもっともだったが、晴葵自身はそういう危機感はまったくなかった。

もっとギラギラとした欲望剝き出しで、隙あらばという雰囲気なら、いかに恋愛沙汰に疎い晴葵にもさすがにわかる。

こう見えて、勘はいいのだ。

だが、朧谷からはそうした下心的な感情は一切伝わってこない。

喩《たと》えるなら、身内の大人がまだ幼い子どもを慈愛に満ちた眼差しで見守っているような。

けれど、年齢も六つか七つくらいしか違わないはずだし、第一赤の他人の朧谷が自分をそんな風に思う謂れがない。

もしかして、彼と祖父との間にはよほど重要な繋がりがあるのではないだろうか？

――でも、こないだはデートって言ってたよな……。

あれはどういう意味だったのだろうと、また考えてしまう。

「そういえばその後、どうなんだよ、例の幽霊は？　まだ出んの？」

「最近来ないな。でも、代わりになんか家の中で生き物の気配がする時があるんだよ」

「生き物って、動物か？」

「うん、犬とか猫みたいな、小動物っぽくて、ふんふん鼻息みたいな音が聞こえる時もある」

「この家も歴史あるからなぁ。動物の幽霊が出てもおかしくないか。まぁ、気のせいだろ？　気にすんなって」

「……そうだね」

いつも通り、篤志の休憩時間に二人でアイスを食べ終え、晴葵は店の時計を見上げた。

「そろそろ休憩終わりだろ？　戻らないとまた女将《おかみ》さんに叱られるんじゃねぇの？」

親友をそう茶化し、ベンチから立ち上がろうとすると、ふいに左手首を摑《つか》まれる。

「痛っ……」

それがすごい力だったので、晴葵は思わず顔をしかめた。

「あ、篤志？」

晴葵の手を鷲摑《わしづか》みにした篤志はうつむき、肩で荒い息をついている。

「どうした⁉　具合でも悪いのか？」

尋常ではない様子に慌てて声をかけるが、返事はない。

「おい、篤志ってば！」

空いている右手で肩を揺すろうとした瞬間、突然篤志が顔を上げ、にたりと笑う。

それは、篤志とは似ても似つかぬ別人の顔で、禍々《まがまが》しい邪悪に満ち溢《あふ》れていた。

「ひっ……！」

思わず反射的に後じさろうとすると、篤志が凄《すさ》まじい力で摑んだ手首を引き寄せ、顔を接近させてくる。

「長い間、待ちかねたぞ、葵《あおい》。おまえは俺のものだ」

地の底から響くようなそれは、親友の声とは似ても似つかぬ別人のものだ。

「は？　なに言ってんだ。しっかりしろよ、篤志！」

必死で叫び、親友の名を呼ぶと、

「……あれ？」

ふっと腕の力が緩み、篤志ががくりと倒れそうになったので、晴葵が慌てて支える。

すると、篤志は直前までの行動が嘘のように寝ぼけた顔を上げた。

「晴葵……？　俺、今寝てた？」

「……大丈夫なのか？　ホントに篤志？」

「なに言ってんだ。俺に決まってんだろ。なんか一瞬、意識飛んでた。居眠りするほど疲れてんのかなぁ」

その不思議そうな表情はいつもの篤志だったので、晴葵はほっとする。

「そうだよ、夜更かしばっかしてんじゃないのか？　今日は早く寝ろよ？」

「ああ、そうする。なんか肩凝りすげぇし」

肩を揉みながら旅館へ戻っていく親友の背を見送り、晴葵はため息をついた。

――なんだか、まるで別人が篤志に乗り移ったみたいだった……。

ほんの一瞬ではあったが、この世のものとは思えぬ邪悪な形相を思い出し、背筋がぞっとする。

醜悪というわけではなく、むしろ整った顔立ちだったが、世界にはびこる禍々しいものを煮つめ、濃縮させたような凄絶さがあった。

朧谷に出会って以来、妙なことばかり起きるような気がする。

だが、それはほんの序章に過ぎなかったことを、この後晴葵は思い知るのである。


「はぁ、今日も一日終わった！」

店を閉め、夜八時近くにようやく和蠟燭作りを終え、バンダナを外した晴葵はやれやれと二階へ上がり、作務衣から部屋着へ着替える。

夕飯はどうしようかな、残り野菜と肉で適当に炒め物にするか、などと考えながら冷蔵庫を物色しているると、階下のインターフォンが鳴った。

「はぁい」

急いで階段を下り、裏口の鍵を開けると、そこに立っていたのはなんと朧谷だった。

「朧谷さん……急にどうしたんですか？」

「仕事は終わったのか？」

「ええ、今店閉めたとこですけど」

と、そこで晴葵は渋面《じゅうめん》を作って抗議する。

「こないだは、いろいろありがとうございました。でも、また五百万受け取ってくれませんでしたよね⁉」

「その話は後だ。祖父君に、線香をあげさせてほしい」

「は、はぁ……」

それが突然訪れた理由なのだろうか、と訝しみつつも、晴葵はとりあえず中へ入れてやる。

朧谷は、仕事帰りなのか、いつもの黒い三つ揃いのスーツ姿で、革靴を脱いで上がり込んできた。

「散らかってますけど……どうぞ」

二人で二階へ上がると、朧谷は持参してきたらしい菓子折を仏壇に供え、線香をあげている。

見ると、それは祖父が大好物だった老舗和菓子店の羊羹《ようかん》だった。

仏壇に手を合わせる朧谷の後ろ姿に、晴葵は嬉しくなる。

いろいろ謎な部分はあるが、彼が祖父の冥福《めいふく》を祈ってくれているのは、充分に伝わってきたから。

「あの、よかったらお茶飲みますか？」

そう声をかけると、朧谷は仏壇前の座布団から立ち上がり、晴葵の方へ歩み寄ってきた。

「お茶はいい。今すぐ大事なものだけ身の回りのものをまとめよ。早急に、ここを出る」

「……は？」

朧谷がなにを言い出したのか理解できず、晴葵は真顔になってしまう。

「えっと……ここは俺の家で……なんで出なきゃいけないんですか？」

「詳しい事情は後で話す。とにかく行くぞ」

「わ、訳わかんないですよ。朧谷さんちに泊まれって言うんですか？」

さっぱり意味がわからずそう確認すると、朧谷はしごく当然のごとく「そなたはこれから我と共に暮らすのだ」と、まるでとうの昔からの決定事項のように宣言した。

――この人、大丈夫か……？

今までも度々首を傾げることはあったものの、まさかここまでとは思わなかった。

じりじりと後ずさりながら、晴葵は必死に思考を巡らせる。

とりあえず、相手を刺激しないように時間稼ぎしなければ。

「えっと……そしたら明日の朝はどうですか？　それまでに荷作りしときますから、ひとまず今日のところは帰ってもらってですね……」

なんとかこの場を乗り切り、最悪の場合は警察に通報しようとデニムの尻ポケットに入っているスマホに手をかける。

するとすかさず、朧谷が晴葵の手を摑んで阻止した。

「ひっ……」

目近で直視するには眩《まぶ》し過ぎる朧谷の美貌《びぼう》が、吐息が触れる距離まで迫ってきて、淡々と告げる。

「言うことを聞いてくれ。手荒な真似はしたくない」

「い、いやです！　なんか理由があるなら、ちゃんと説明してください。第一、俺は店開けなきゃいけないんですよ？　わかってます？」

「仕事はしていい。ただし、見張りはつけさせてもらうが」

「見張り⁉︎」

ますます訳がわからない。

晴葵は、まるで話が通じない宇宙人と会話しているような気がしてきた。

「とにかく、帰ってください！　マジで警察呼びますよ⁉︎」

そう叫ぶと、朧谷は困ったように眉根を寄せる。

そして、つと指を伸ばし、晴葵の額に人差し指と中指で触れてきた。

「な、なにす……」

逃げようとするより先に、途端に猛烈な眠気が襲ってきて。

ぐらり、と身体が傾ぐ。

「なに……これ……？」

まともに立っていられず、頽《くずお》れるところを、朧谷が軽々と晴葵の身体を横抱きに抱え上げる。

なにがどうなったのか、まったく理解できないまま、晴葵の意識はそこでぷつりと途絶えた。

次に意識が戻った時、晴葵はベッドの上にいた。

ふかふかの極上マットレスは寝心地抜群で、気持ちいいな……とうっとりしつつ寝返りを打つ。

――ん……？

なにかがおかしいと気づき、薄目を開けると、まったく見覚えのない部屋だ。

そこでようやく、さきほどの出来事を思い出す。

「どこだ、ここ……⁉」

思わず跳ね起き、焦って周囲を見回る。

十畳ほどの広さの、シンプルな部屋だ。

壁紙やベッド、テーブルと机は、なにやら高級そうでモノトーンで統一されている。

まさか、ここは朧谷のマンションなのだろうか？

あの流れから推察するに、ここへ自分を運んだのは朧谷ということになる。

まだ少しぼんやりとしたまま室内を見回すと、晴葵はなんとも表現し難い違和感を抱く。

家具や調度品、カーテンなどは、若い男性向けで統一されているが、すべて新品で、今まで人が暮らしていた形跡がない。

ふと見ると、壁に設置された本棚には、どれも晴葵が大好きで集めている漫画やゲームがそっくりそのまま並べられていた。

さらに、晴葵がずっと欲しかった最新式のゲーム機まで揃っている。

――え、これっていったい、どういうこと……⁉

悪いとは思ったが、恐る恐るクローゼットを開けてみると、中には新品のタグがついたままの服がずらりとハンガーにかかっていた。

サイズを見ると、いずれも晴葵にぴったりのものばかりで、パーカーが多いのも晴葵の好みを反映している。

それを見て、晴葵はぞっとした。

朧谷が、この部屋を自分のために用意したのだと察したからだ。

――もしかして、これって拉致《らち》監禁……？

なんとも言えない恐怖で膝の力が抜けそうになるのを堪え、晴葵は入り口のドアノブに手をかけた。

予想に反し、鍵はかかっていなかったので、音を立てないように外の様子を窺《うかが》いながら廊下へ出る。

一度しか来たことはないが、間違いない、そこは朧谷のペントハウスだった。

今のうちに、逃げなければ。

見つからないように足音を殺し、玄関へ向かう途中、リビングから人の話し声が聞こえてくる。

「えっ！　それじゃ事情も説明せず、眠らせて葵を連れてきちゃったんですか⁉」

「そうだ」

「まずいですよ～朧夜《ろうや》様！　好感度激下がりですよ～。千年も待って待って、ようやく葵と再会を果たされたというのに！」

――葵？　誰のことだ？

聞こえてくるのは朧谷と、見知らぬ子どものような甲高い声で、晴葵はついドアの前で聞き耳を立ててしまう。

そういえば、篤志が挙動不審になった時も、自分のことを『葵』と呼んでいたなと思い出す。

「どうしてちゃんと説明しないんですか？　葵だとて、過去世の記憶があるやもしれませぬのに」

「いや、あの子はなにも憶《おぼ》えてはおらぬ。反応でわかる」

「そんな～！　千年もお待ちになられたのに、そんなのあんまりです！」

——千年待った？　いったい、なんの話をしているんだ？

このまま、一刻も早く玄関から逃げた方がいいと頭ではわかっていたが、なぜ朧谷がこんな暴挙に出たのか、その理由が知りたい。

それに、朧谷が喋《しゃべ》っている相手が誰なのかも気になった。

迷った末、晴葵は思い切ってリビングのドアを開け、中へ入る。

すると朧谷が驚いた様子で、ソファーから立ち上がった。

彼の話し相手を探すが、ほかには誰もいない。

いたのは、彼の足許にいる小さなポメラニアンの風吹だけだ。

晴葵に気づいたポメラニアンは、たっと駆け寄ってきた。

「やい、葵！　憶えておるか？　わしだ！　おぬしの兄貴分の風吹じゃ！」

言うなり、ポメラニアンが身軽く宙返りして、ふわふわの茶色い癖っ毛の美少年に変化する。

見た目は七、八歳くらいの少年の姿だが、その首には風吹がつけていたのと同じ首輪があり、犬そっくりの耳はピンと立ち、フサフサの尻尾が生えている。

「ポ、ポメラニアンが喋って……人間になった……⁉」

——あ、これ夢の中みたいだ……俺、まだ寝てるのかな。

晴葵は咄嗟に現実逃避し、額に手を当てて唸《うな》る。

「やい、聞いておるのか？　葵！」

「……ポメラニアンに知り合いはいないです」

ぎゅっと目を瞑っても、目の前の風吹と名乗った少年はポメラニアンには戻らなかったので、晴葵は朧谷の方を見る。

「これ、どういうことですか？　ちゃんと説明してください」

だが朧谷は、つと視線を逸らす。

「説明したところで、どうせ信じぬであろう」

「そんなの、聞いてみなきゃわかんないじゃないですか。人を拉致っといて、なにも説明しない方がひどくないですか？」

すると、そのやりとりを聞いていた風吹が、晴葵の手を引いてソファーに座らせる。

「まぁ、落ち着け、葵。わしがちゃんと思い出させてやるから」

「さっきから、その葵って誰のこと？　俺の名前は晴葵です」

「だから、おぬしは葵の生まれ変わりなのじゃ。輪廻転生《りんねてんしょう》は知っておるじゃろ？」

「輪廻転生……⁇」

今度はとんでもないワードが出てきて、晴葵はますます半眼状態になる。

——不思議ちゃんだとは思ってたけど、今度はスピリチュアル系か⁉

あぁ、あの五百万は素直にいただいておいて、関わるのではなかったと、後悔してもあとのまつりだ。

敢《あ》えてそこには触れない方がいい気がして、晴葵は話を変える。

「そ、それはともかくとして……！　あの部屋、なんなんですか？　ってか、あれどう見ても俺の服のサイズだし。好きなゲームソフトとか漫画のこととか、どうして知ってるんですか？　ひょっとして俺のこと、盗聴とか盗撮してたとか……!?」

思わずそう詰問すると、風吹がピンと耳と尻尾を立て、眉を吊り上げる。

「朧夜様に向かって、なんと無礼な！　忘れておるやもしれぬが、朧夜様はなぁ、京の都でその名を轟かした、あやかしの王なのじゃ！　平安の世から現代まで、おぬしが再びこの世に生を受けるのを待ちかねておられたのじゃぞ？　二十一年前、おぬしが生まれた時からずっと見守り続けてらっしゃるのじゃ。おぬしのことなら、背中のほくろの数まで知っておって当然じゃ！」

「……は??」

風吹と名乗る少年（ポメラニアン？）は、どうあっても、朧谷が平安時代から千年以上生き続けるあやかしの王という設定にしたいらしい。

怒りを抑えるために、晴葵は大きく深呼吸した。

「………わかった。百万歩譲って、仮にそれが本当だったとして、どうしてそんなすごいあやかしが、俺なんかをストーカーするんだよ？」

「すとぉかぁとは失礼な！　だから言うたであろう。おぬしは前世で朧夜様の子を産む契《ちぎ》りを交わした仲なのじゃ。その身を守るのは当然のことであろう」

風吹の返事に、晴葵はさらに目が点になった。

「は？　子ども？　前世の俺って、女の人だったの!?」

問題はそこではないと思いつつも、つい気になって突っ込んでしまう。

「いや、男じゃ。だが、朧夜様のお力を持ってして永遠の契りを結べば、男だろうが女だろうが子を産むことは可能なのだ！　どうじゃ、恐れ入ったか！」

と、風吹は自分の手柄でもないのに、後ろに倒れそうなくらい反っくり返って威張っている。

当の朧谷は、いつもの無表情でただじっと晴葵を見つめているだけだ。

最初の恐怖は、いつのまにかどこかへ行ってしまい、晴葵はだんだん馬鹿らしくなってきた。

「……はぁ。もう、なんでもいいや。これ、拉致監禁だし、ケーサツ案件ですけど、面倒なんで通報はしません。とにかく、俺は店に帰るんで」

「おいこら！　まだ話は終わっておらぬぞ、葵！」

風吹がピョンピョン跳び上がって怒るのを無視し、晴葵はリビングから廊下へ出るドアノブに手をかけた。

が、さきほどは開いていたはずなのに、なぜか開かない。

何度確認しても、鍵がかかっているはずもなかった。

「あれ？　おかしいな……」

必死にドアノブを捻っているうちに、朧谷がゆっくりとこちらへ歩み寄ってくる。

ふと見ると、スーツ姿だった彼の全身の輪郭がぶれ、一瞬にして変貌する。

長い、腰まで届くほどの銀糸のような美しい髪。

切れ長の、美しい碧玉《へきぎょく》の双眸と美貌はそのままだが、豪奢な毛皮が襟許にあしらわれたマントを肩に羽織り、派手な柄の直垂と袴姿だ。

その姿を目にした途端、ドクン、と鼓動が高鳴る。

「あ、あんたは……あの幽霊……⁉」

それは幼い頃から何度も夢現《ゆめうつつ》に見てきた、あの幽霊とそっくりの姿だった。

「……まさか、俺が子どもの頃から会いに来てたっていうのか……？　俺を見張るために？」

「……まだ、我を思い出せぬか？　葵」

そんなに切なげな声音で、呼ばないでほしい。

思い出すもなにもない。

その『葵』なる人物の記憶など、自分が持っているはずがないのだから。

「……人違いだ、ってか、俺は生まれ変わりなんか信じてません！　家に帰らせてください！」

かたくなにそう言い募ると、朧谷の双眸にわずかに落胆の色が滲んだ。

「悪いが、そなたにはしばらくここで暮らしてもらう。店に通うのは許可するが、風吹を連れていくことが条件だ」

「はぁ？　いったいなんの権利があって、そんな……」

「そなたがあの店を大切にしているのは知っておる。ゆえに燃やしたくはない」

感情のこもらない声音で恐ろしいことを告げられ、思わず背筋がぞっとする。

――なに言ってんの、この人……⁉

ただの脅しだとは思うが、それでも今までの突拍子もない言動を思い返すと、実際やりかねないところが恐ろしい。

せめてもの反抗に、晴葵はきっと朧谷を睨みつける。

「……っ！　祖父ちゃんが遺してくれた大事な店になんかしたら、俺は一生あんたを許さないからな……⁉」

「そなたさえここに戻ってくれれば、すべて今まで通りだ。なにもせぬと誓う」

「くっ……」

敵の言い分など無視してさっさと逃げ出せばいいのかもしれないが、もし本当に店に火を点けられたらどうしよう、という不安が晴葵を動揺させた。

「それから、朧谷葵一というのは便宜上今使っておる偽名だ。今後、我のことは朧夜と呼ぶのを許す」

「はぁ⁉　べつに許してもらわなくても結構なんですけど⁉」

反射的に嚙みついてやったが、言いたいことだけ一方的に告げると、朧夜と名乗った彼はあれだけ開かなかったドアをあっさりと開け、そのままリビングを出ていってしまった。

「……いったい、なんなんだよ、くそっ！」

怒りのやり場がなく、晴葵はぐっと拳を握りしめる。

「まぁ、落ち着け、葵。メシでも食うか？　わしが作ってやろう」

「いりません！」

風吹の取りなしを拒絶し、晴葵は憤然《ふんぜん》と元いた部屋に戻る。

ふと見ると、内鍵がついていたので、しっかりかけた。

なにせ、相手は『あやかし』らしいので、どうせ気休めにしかならないだろうが。

もしかしたら、盗撮カメラや盗聴器が仕掛けられているかもしれないと思い、部屋中を調べてみるが、それらしきものは発見できなかった。

――なんで、こんなことになってるんだよ……⁉

妄想癖ありのストーカーに目をつけられ、この先いったいどうなってしまうのだろう？

いきなり前世だなんだと言われても、訳がわからない。

だが、すべて荒唐無稽《こうとうむけい》な妄想だと片づけてしまうには、目の前で犬から少年に変身する風吹の姿や、幽霊そっくりに変貌した朧谷、いや朧夜を目撃してしまったので難しい。

それに、仮に幼い頃から面識があった幽霊（？）と彼が同一人物ならば、少なくとも四十代にはなっているはずだが、今の姿は当時からまったく年を取っておらず、それも説明がつかなかった。

することがないので、室内をあちこち物色していると、思いがけずこのゲストルームはバストイレつきだとわかった。

これなら食事さえなんとかすれば、閉じこもって朧夜と顔を合わせずに済みそうだ。

——もしかして、そこまで考えてこの部屋を借りたのか……？

朧夜は、晴葵が反発するのを覚悟の上で今回の暴挙に及んだ節がある。

だからといって、到底許せることではないのだが。

バスルームを覗《のぞ》いてみると、猫脚つきの大きなバスタブがあってかなり広い。

飾り棚には、シャンプー、リンス、それにボディソープがこれまた新品で並べられていたが、それらは晴葵が自宅で使っているものとまったく同じ銘柄だった。

自宅からなにも持ってこなくても、なに不自由なく今までと同じ生活ができる環境が準備万端整えられているのは間違いないが……。

「キモ……っ!!」

晴葵は一人、心置きなくそう叫んでいた。

「やい、葵、起きろ！　おぬしのために、このわし自ら朝餉を用意してやったのだぞ？」

廊下から聞こえてくる、甲高い風吹の声で晴葵は目を覚ます。

結局、ゆうべは腹を立てつつシャワーを浴び、朧夜が用意したパジャマに着替えてふて寝してしまった。

厳重に鍵をかけてあるので、風吹も中に入れないようだ。

眠い目を擦《こす》りつつ鍵を開けると、廊下に立っていた風吹に「さっさと顔を洗ってこい」とバスルームへ追い立てられる。

やむなく身支度を済ませ、これまた朧夜が用意した服を適当に選んで着替え、リビングに向かうと、ちょうどスーツ姿の朧夜と鉢合わせしてしまった。

彼はアタッシェケースを提げ、出かけるところのようだ。

「あ、朧夜様。もうお出かけですか？　お気をつけて！」

「夜八時頃までには戻る」

風吹にそう告げると、朧夜は次に晴葵に向かって言った。

「わからぬことは、なんでも風吹に聞くがよい」

「……」

抗議の意を示すために、晴葵は返事をしなかったが、朧夜には予定通りの反応だったらしく、「行ってくる」とあっさり玄関から出ていってしまった。

「あら、晴葵くん。可愛いワンちゃんねぇ」

「はは、どうも……」

お目付役として、風吹を連れていけと言われているので、晴葵はやむなく犬に変化した彼の首輪にリードをつけて店へ向かう。

なにせ地元なので、行く先々で知り合いに出くわしてしまい、登校途中の女子高生の集団が「わ～可愛い！」と寄ってきて風吹を構い倒す。

思う存分チヤホヤされ、風吹はちぎれんばかりに尻尾を振ってご満悦である。

そんな姿は、どこからどう見ても普通のポメラニアンとしか思えない。

朧夜のマンションから、店までは徒歩で十五分ほどの距離だ。

晴葵を拉致監禁し、店まで通わせるために徒歩圏内にあるあのマンションを用意したのかと思うと、それにもぞっとする。

早めにマンションを出たのに、結局店に辿り着くまでかなり時間がかかってしまい、開店時間ぎりぎりになってしまったので、晴葵は急いで仕事着の作務衣に着替えて準備をする。

シャツを脱ぎ、はだけた胸にちらりと赤い痣《あざ》が目に入り、無意識のうちに指先でそれを辿った。

晴葵には生まれた時から、胸の中心に花びらが数枚散ったような痣がある。

晴葵自身はさほど気にしていなかったが、母親は大きくなったら消えるといいわねと常々言っていたことを思い出す。

だが、残念ながら成長しても痣はまったく消えることなく、むしろ少しずつ濃くなっているような気がした。

「くふふ、やはりわしは相当可愛いのだな！」

「はいはい、可愛い可愛い。それよか、仕事中は大人しくしてるんだぞ？　邪魔するなよ？」

「わかっておるわい。わしがこの店の可愛い看板犬になってやろう！」

着替え終えた晴葵はとり急ぎカウンターの中に踏み台を置き、その上に座布団を敷いてやると、風吹はちょこんとそこに座った。

とりあえず、風吹に構っている時間がないので、忙しく立ち働いていると、すぐ飽きてしまったのか、風吹が店内をウロウロし始める。

「なんにも触るなよ？　商品落とすなよ？　蠟燭は割れやすいんだからな」

「やれやれ、信用がないのう。このわしが、そのようなヘマをするか。しかし暇じゃな。いつも午前中は、客などほとんど来ぬではないか」

痛いところを衝かれ、晴葵はぐっと詰まる。

「……蠟燭店なんて、そんなに毎日客がどっと押しかける商売なわけないだろっ」

犬相手にモメていると、店の引き戸が開き、初老の婦人が入ってきたので、晴葵は急いで出迎える。

「いらっしゃいませ、林《はやし》さん。いつもご贔屓《ひいき》にしていただいて、ありがとうございます」

婦人は祖父の代からの常連客で、十年ほど前に先立たれた夫のために、こうして定期的に和蠟燭を買いに来るのだ。

「こんにちは。あら、可愛いワンちゃんね。飼い始めたの？」

「い、いえ、友人の家の子を預かっているだけでして」

婦人は犬好きらしく、風吹は彼女に撫でられて心地よさげに目を細めている。

「お祖父様が亡くなられて、本当に残念だったわね。一人暮らしにはもう慣れた？」

「はい。皆さんが親切にしてくださるので、なんとか店も続けられてます」

それは晴葵の本心だ。

ご近所の人々や、彼女のように昔ながらの店の常連客たちがあれこれ手助けをしてくれたおかげで、まだまだ半人前の自分がなんとか祖父の店を続けていられるのだと心から感謝する。

だからこそ、店は辞められない。

自分が祖父の代わりに、この店を守っていくと決めたのだから。

――そうさ。だから訳のわからない理由で、あの人と同居なんてしてる場合じゃないんだ。

いつもの蠟燭を買い、婦人が帰った後、風吹はのんびりと店のカウンターの中で寛《くつろ》いでいる。

まるで住み慣れた我が家のようだ。

そこではたと気づき、和蠟燭の在庫を足していた晴葵は手を止めて言った。

「……やけにここに慣れてるな。ひょっとして、あの気配はおまえだったのか？」

すると、風吹は大欠伸をして伸びをする。

「今頃気づいたのか。わしはおぬしが生まれて以来の監視役じゃ。おかげで人間の暮らしにもいろいろと詳しくなったわ」

「………お、おまえが監視カメラ代わりだったのか〜〜〜!!!!」

「うるさいぞ。さっさと仕事をせい」

思う存分抗議してやろうと思ったが、晴葵はなんとかそれを堪えて作業を続けたのだった。

バタバタしているうちに、あっという間に昼過ぎになる。

「ちょっと昼飯買いに行ってくるけど、風吹はなにを食べるんだ？　犬用カリカリとかないんだけど、ペットショップで買ってくるか？」

そう聞くと、風吹はくるりと宙で一回転し、人型へ変化した。

最後にピョコンと飛び出ていた耳と尻尾を消すと、服装も今時のTシャツに七分丈パンツ、スニーカー姿で、ごく普通の七、八歳くらいの子どもに見える。

——やっぱり、幻覚じゃなさそうだな……。

目近でまじまじと観察しても皆目トリックがわからないので、晴葵はまた脳がバグりそうになった。

「わしはうまいものなら、なんでも食うぞ！　葵がよく食うておる、あれがいい！　ほれ、ふらいどちきんとかいうやつじゃ！」

「ええ〜？　あやかしもジャンクフード食べるの？」

今日は時間がないので、数軒先にあるコンビニで簡単に済ませようとしていた晴葵は、とりあえず店の入り口に『休憩中』の札をかけ、急いで買い物に出た。

おでんにおにぎり、サンドイッチに、風吹リクエストのフライドチキンを二つ、それにアメリカンドッグなどあれこれ買って店に戻る。

風吹を連れて二階へ上がると、晴葵は麦茶をグラスに注いでやった。

「やや、嬉しいのう。一度食うてみたかった。いつも葵が食うておるのを、うまそうじゃと眺めておったのじゃ」

と、風吹は大喜びだ。

「……それって、俺のことずっと見張ってるから知ってたってことだよな？」

そう突っ込みを入れると、風吹は悪びれもせずに「そうじゃ」と胸を張るので、抗議するだけ無駄かとあきらめる。

「今までコンビニ飯、食ったことないのか？」

「ない。わしらあやかしは妖力を体力に変換することができるので、食さずとも平気なのじゃ。朧夜様も食に興味なさそうじゃしな」

そう言いつつも、物珍しいのか、風吹がくんくん匂いを嗅《か》いでいる。

「じゃが、おぬしと暮らすのだから人間の食い物を学んでおけと朧夜様に言われて、わしも勉強したのじゃぞ？」

「朧夜さんが……？」

自分たちは食事の必要性がないのに、晴葵を監禁するためだけにそんな手間をかけるのか、と少し不思議な気がする。

風吹が食べたくてそわそわしているので、「好きなの食べていいよ」と声をかけると、風吹は嬉しそうにまず揚げたてのフライドチキンに齧りついた。

「……!!　なんじゃ、これは⁉　なんとも言えずうまいのぅ」

よほど味が気に入ったのか、あっという間に食べてしまい、晴葵が口に運ぼうとしたもう一つを羨ましそうに見つめている。

それに気づいた晴葵は、手にしていたフライドチキンを風吹に差し出した。

「これも食べな」

「よいのか⁉」

嬉しさにピン、と犬耳を立てた風吹がフライドチキンを受け取ろうとすると、晴葵はすかさずそれを上に持ち上げて空振りさせる。

「代わりに、朧夜さんのことをいろいろ教えてほしいんだけど」

「ええっ⁉　だ、駄目じゃ、朧夜様からよけいなことは話すなときつく言われておるっ」

一応口では拒んだものの、晴葵がフライドチキンを目の前に降ろすと、風吹はごくりと喉を鳴らして唸る。

「ほんの少しだけだよ。風吹から聞いたって、あの人には内緒にしとくからさ」

そう、悪魔の囁《ささや》きでもう一押しすると、病みつきになるフライドチキンの魔力に魅入られた風吹はあっけなく陥落した。

「……本当に、ちょっとだけじゃぞ？」

「うんうん」

うまくいった、と晴葵はダイニングテーブルから身を乗り出す。

「まずは……そうだな、朧夜さんってなにやってる人？」

あんな豪邸に住んでいるのだから、普通の会社員ということはなさそうだなと思いつつ質問してみると、二個目のフライドチキンにかぶりついた風吹が、口の周りを油でベタベタにしながら答える。

「朧夜様はすごいお方なのじゃ！　妖術を使い戦後最大の予言者様として、裏の業界ではその名を轟かせていらっしゃる」

「予言者……？」

　これまた胡散臭い、と思っていると、風吹が得意げに説明してくれる。

　要約すると、どうやら朧夜は正体不明の予言者として活動し、その的中率のすごさからその界隈《かいわい》でも知る人ぞ知る存在として人々に語り継がれているようだ。

　決してメディア等の表舞台には登場せず、鑑定はその場所すら極秘とされている、都内某所にある個人所有の邸宅でのみ。

　どんな賓客《ひんきやく》でも一切出張には応じず、時の総理大臣も朧夜の鑑定を受けるために足繁く通ってくるのだという。

　鑑定するのはごく限られた一部の人間のみで、完全紹介制。

　客は自らの身許を明らかにし、いろいろな条件をクリアしなければならないが、それでも予約は引きを切らないとか。

　政財界にも顔が利き、政治家や一部上場企業の経営者、芸能人などを数多く顧客に持ち、的中率の高い、先視《さきみ》の能力による予言で彼らを虜《とりこ》にしているらしい。

「先視の能力って……予知能力みたいなもの？　妖術で未来がわかるってこと？」

「残念ながら、すべてがわかるというわけではない。朧夜様の場合、目の前にいて目線を合わせた相手のみ、その近々の未来の一部を垣間見ることができるのじゃ」

　ちなみに対面鑑定の料金は一件数百万から、相手によっては一千万と聞いて、晴葵は度肝を抜かれてしまう。

「い、一千万⁉」

もはや理解不能な世界の話に、晴葵は目眩がしてきた。

「おぬしの祖父君も、鑑定場所の別宅にはよく納品に来ておられたのだぞ」

「え……祖父ちゃんが⁉　なんで⁉」

思わぬところから祖父の名が出て、さらに驚かされる。

「おぬしが生まれて見守るようになって以来、朧夜様が祖父君の蠟燭を鑑定の場でお使いになるようになったんじゃ。かなりの上客じゃったはず。なにかあった時のために祖父君と顔見知りであった方が都合がよいし、なにより朧夜様はおぬしに不自由な暮らしをさせまいとお心を砕いておられたのじゃ。わしにはわかるぞ！」

と、風吹は訳知り顔で頷いている。

――そういえば、昔から蠟燭買ってるって言ってたな……。祖父ちゃんと昔からの知り合いっていうのは、ただの方便じゃなかったんだ……。

まさか、自分が生まれた頃からの顧客だとは思わなかった。

だが、それも自分をストーカーするための一環なのだろうと思うと少々ぞっとする。

「とにかく！　朧夜様は昭和から現代にいたるまで、そのお力で時の権力者達を虜にし、裏から日本を牛耳っておられるのだ！　どうだ、すごいであろう？」

この仕事を始めて既に数十年経つが、年を取らないことがバレないように『平安時代から一子相伝で脈々と語り継がれてきた先視の能力で鑑定する、予言者一族の末裔《まつえい》。命を狙われる危険があるから顔出しＮＧで狐面をつけて鑑定している』という設定にしているらしい。

まるで我がことのように反っくり返って威張る風吹に、いつもの黒スーツに狐面をつけている朧夜の姿を想像した晴葵は、ぼそりと「日本刀のことといい、なんかますます厨二設定のラノベみたいだな」と率直な感想を述べた。

「なんと無礼な！　葵、おぬしは昔からそうじゃった。ああ、なぜ朧夜様はおぬしのような跳ねっ返りがここまでお好きなのかっ」

「俺は晴葵！　てかさ、本当にあの人、千年も生きてるあやかしなの？　見た感じ二十代後半くらいだし、どうしても信じられないんだけど」

そりゃあ、目の前で銀髪姿に変身するところも目撃してしまったけれど、平安時代から生きていると言われて、すんなり受け入れられる者は少ないだろう。

「ずっと目覚めておいでだったわけではない。朧夜様は、おぬしの魂が転生するのをただ待ちわびておられたのでな。その気配がない間は数十年単位で眠りについていらっしゃった時期もあった。戦乱の世はなにかと面倒なので、なるべく避けていらしたな。昭和の時代にあった戦争の間もずっと眠っておられたゆえ、活動を再開されたのは世相が落ち着いた昭和四十年頃からじゃ」

風吹の話では、人間には見えないように結界を張り、安全な隠れ家で妖力の消費を抑えるために長い眠りについたり目覚めたりしながら晴葵の転生を待っていたらしい。

普通に考えて、戸籍とかはどうしているのだろうと疑問だったが、やはり年を取らないせいで偽造戸籍を二、三十年に一度程度作り替えながら生活しているようだ。

やはり現代社会で戸籍なしではかなり不便じゃからのう、と風吹がしたり顔で解説してくれる。

――マジか……千年生きてるってのはマジなのか⁉

ここまで具体的に事情を知ってしまうと、やむなく信じざるを得なくなってくる。

「ってことは、俺って千年の間、一度も転生しなかったってこと？」

「そうじゃ。少々事情があって、おぬしが転生するには長い時間がかかった。朧夜様は、それはそれは強大な妖力をお持ちであったが、千年生き続けるのと引き換えに、先視の能力以外ほとんどのお力を手放された。それもすべて、葵、おぬしとこうして再会するためなのじゃ。理解したなら、朧夜様のご好意を一日も早く受け入れ、そして今度こそ朧夜様の御子を産むがよい！」

「あ～はいはい、わかったわかった。アメリカンドックも食べてみろよ。うまいぞ？」

「むぅ、わしを食べ物で釣ろうとしても、そうはいかんぞ⁉」

喚《わめ》く小さな口の前に、ケチャップとマスタードをたっぷりつけたアメリカンドッグを差し出すと、我慢できずにかぶりつき、モグモグした風吹がピンと耳を立て、「……うまい！」と呟く。

すっかり風吹を餌付《えづ》けするのが楽しくなってきた晴葵だが、こんなことをしている場合ではないと思い直す。

このまま風吹を振りきって、警察に駆け込み助けを求めることはできる。

だが、具体的になにをされたという証拠もないし、拉致監禁されたと訴えても、こうして自由に店番をしているところを見られれば、下手すればこちらが嘘をついていると思われるかもしれない。

なによりご近所さんや地元の皆に心配をかけたくないし、おおごとにはしたくなかった。

――しばらく様子を見るしかないか……。

幸い、用意された部屋には内鍵もついているし、彼らの主張を信じるならば『花嫁候補』である自分に朧夜たちが危害を加える可能性は低いだろう。

いや、子どもを産まされるという、別の意味での身の危険はありそうなのだが。

とにかく、もう一度朧夜とよく話し合ってみるしかない。

晴葵はそう心に決めた。


とはいえ、あのマンションに戻りたくなくて、ついぐずぐずと閉店後に絵つけの仕事を続け、店を閉めて出たのは夜八時半を過ぎてからだった。

「あ、夕飯……弁当でも買って帰るか。風吹も食べる？」

道すがら、そう言うと犬の姿になった風吹は首を横に振る。

「夕餉なら、朧夜様が用意されておる。早う帰ろう」

「え……？」

あの、家事能力皆無そうな人が？　と半信半疑だったが、やむなく言われた通り手ぶらでマンションへ戻る。

「ただいま戻りましたぁ！」

玄関を上がり、再び子どもの姿に変身した風吹が、元気よくリビングのドアを開けると……。

「遅かったな」

ダイニングテーブルの上には、出来たての筑前煮《ちくぜんに》や青菜の煮浸しなどの料理が幾皿も並んでいた。

どれも祖父との食卓によく並んでいた料理で、晴葵は懐かしさに思わず涙腺が緩みそうになる。

「今日はそなたの好物の、トンカツとやらを作ってみたぞ」

ワイシャツにネクタイ、ベスト姿の上に黒エプロンをつけた朧夜が、言いながら器用に包丁で揚げたてのトンカツを切っている。

サクっと衣が切れる音といい匂いが漂ってきて、思わず空腹の腹の虫が鳴りそうになった晴葵は、慌てて片手で腹を押さえた。

「手を洗ってくるがよい。すぐ夕餉にするぞ」

「は〜い！」

風吹に連れられ、部屋にボディバッグを置き、洗面所で手を洗ってダイニングへ戻る。

その頃には、熱々の豆腐と油揚げの味噌汁と炊きたてご飯が椀によそわれていた。

食べ物の好みまで、完全に把握されている。

味噌汁の具まで晴葵が一番好きなものだったので、もうなにもコメントする気になれない。

見ると、三人分並んでいるので、皆で食べるようだ。

——二人は食事の必要がないのに、どうして……？

もしかして、自分一人で食べさせるのが寂しいと思って付き合ってくれるのだろうか？

ともかく、せっかく作ってくれたものを無下にはできず、晴葵は大人しく席に着いた。

「……いただきます」

祖父としていたように、きちんと両手を合わせてそう挨拶すると、朧夜と風吹もつられたようにその所作を真似てきた。

「いただきまぁす！」

そして、三人での初めての食事が静かに始まる。

「わぁ、朧夜様！　このとんかつとやら、とってもおいしゅうございますよ！　こんなおいしいお料理を作れるなんて、さすがは朧夜様ですね！」

必死に場を盛り上げようとしているのか、風吹がもりもりおかずを頬張りながら言うが、朧夜と晴葵はローテンションのままだ。

揚げたてのトンカツもほかの料理も、まるで専門店で食べているようなおいしさで、普段食事を必要としない者が一朝一夕《いっちょういっせき》に作ったとはとても思えない。

かなりの年月、料理の腕を磨いていたのだろう。

恐らくは、晴葵に食べさせるために。

――重い……いろいろと重過ぎるっ……！

千年転生する自分を待ち続けたというのも、こうして満を持して伴侶として歓迎されるのも、昨日今日初めて事情を知らされた晴葵にとっては、ただただ重荷でしかない。

だが、祖父が亡くなって以来、一人で食事するのが当たり前になりつつあったのが、久しぶりに大人数で囲む食卓に少しほっとさせられた。

食事が済むと、作ってもらったので片づけは自分がやると申し出たが、最新式のキッチンには食洗機も完備されているので、あっという間に終わってしまう。

その間に、朧夜がデザートに林檎《りんご》を剝いて出してくれた。

祖父が好きだったので、食後によく食べていたのを知っているのだろう。

それを見ると、祖父のことを思い出し、晴葵は少し切ない気分になる。

「……そんなに、俺の好みに全振りしなくていいですから。あんまり気を遣わないでください」

朧夜にそう告げ、晴葵はおもむろに家から持ってきた、封筒に入った五百万を差し出す。

「これ、今度こそ受け取ってもらいますから！」

拉致監禁までしておいて、この期に及んでまだごねるようなら本気で暴れるぞ、と睨みつけて圧をかけていると、朧夜は渋々「わかった」とだけ返事をする。

――勝った……!!

長い戦いにようやく終止符が打てた喜びに、内心ガッツポーズを決める。

「それから、お世話になってる間の食費とか光熱費も、ちゃんとお支払いしますから」

「なんと他人行儀な。そなたから、そんなものを受け取る気は毛頭ない」

「そうはいきませんよ」

譲らず、さらに言い張ろうすると、今度は彼が立ち上がり、ややあって書類らしきものを持ってきてテーブルの上に広げた。

「どれでも、好きなものを選ぶがよい」

「……？　好きなものって？」

いったいなんの話だろうと不思議に思いながらも書類を見ると、それは不動産の物件情報だった。

住所はどれも晴葵の店から徒歩で通える距離にあるもので、一戸建てからマンションまでいろいろあったが、そのどれもが億超えの高級物件だったので、思わず書類を取り落としそうになる。

「な、なんなんですか、これ？」

「ここが気に入らぬなら、そなたの好きな物件へ引っ越ししよう」

どうやら晴葵が不機嫌なのは、このマンションの住環境が気に入らないからだと思っているると知り、晴葵は内心あきれて物も言えなかった。

「いやいや、ここの部屋が気に入らないとかじゃなくて！　いきなり拉致監禁されたら、どんな大豪邸だって普通いやでしょ。場所の問題じゃないんですけどっ」

力一杯突っ込みを入れるが、敵はさして意に介する様子もなく、「とにかく考えておけ」とあっさりしたものだ。

「あのですね……！　俺はべつに贅沢《ぜいたく》な暮らしとかしたいわけじゃないんで。そういうの、やめてください」

「なぜだ？　我は今までそなたのために金を稼いできた。不自由はさせたくないし、そなたのために使いたい」

心底理解できない、といった様子で呟かれ、駄目だ、根本的に話が通じない……！　と絶望的な気分になる晴葵だ。

「それより、そなたの行きつけの店には、いつ連れていってくれるのだ？」

「は……？　今度はなんの話ですか？」

「ラビットランドの帰りに、約束したであろう」

言われてようやく、鰻を食べた時、彼に奢る約束をしたのを思い出す。

「明日は店の定休日。どうせ予定はないのだから、我と出かけよ」

店の定休日や、休日の予定がないところまで知られている件には、もうきりがないのでいちいち突っ込まないことにする。

「……それ、本気で言ってます？　自分を拉致監禁した犯人に奢るバカがどこにいるんですか？」

まだ彼の暴挙を許したわけではないんだぞ、と示すため、わざとツンケンとして言ってやった。

「奢らずともよい。代金は我が払う」

「だから、そういう問題じゃなくて……！」

――駄目だ、この人。常識がまるで通じない。

想像を絶する朧夜の天然不思議ちゃんっぷりに、晴葵はお手上げだ。

「……連れていってくれぬのか？」

どうやら、朧夜はどうしても晴葵の行きつけの店に行きたいらしく、そう食い下がってくる。

その表情が、まるで捨てられた子犬のようだったので、なんだかこっちが悪いことをしている気分になってきた。

「……それはともかくとして！　俺はあんたの脅しに屈したわけじゃないですからね⁉　場所が変わろうとどうしようと、一緒に住むなんて、ぜんぜん納得してませんから……！」

そう叫ぶと、朧夜は怪訝《けげん》そうな顔をした。

「憶えておらぬのか？　そなたが約束したのだぞ？　はっきりと我の求婚を受け入れた」

とんでもない言いがかりに、晴葵はついに堪忍袋の緒が切れる。

「俺が？　いつ⁉　適当なこと言わないでください！　まさか前世で約束したとかじゃないですよね⁉　冗談は休み休み言ってくれ！」

腹が立って憤然と席を立ち、晴葵はまた自室に立てこもった。

――くそっ！　なんで俺が、こんな目に遭《あ》わなきゃいけないいんだよ……？


夕食で祖父を思い出したせいか、その晩、晴葵は久しぶりに幼い頃の夢を見た。

忘れもしない、両親の葬儀の時の光景で、今まで繰り返し何度も夢に見てきた。

祖父や親戚の大人たちは通夜の準備に忙しくて構ってもらえず、まだ小学生だった晴葵は引き取られたばかりの祖父の家の二階でぽつんと一人ぼっちだった。

泣き腫らした目許を擦り、両膝を抱えて部屋の隅にうずくまっていると、『彼』が現れる。

両親と暮らしていた家に来ていた彼は、晴葵が祖父の家に引き取られると、こちらへ訪れるようになっていた。

「すまぬ」

「……どうしてあやまるの？」

「我には、そなたに関する未来だけは視えぬのだ。これも前世からの業《ごう》やもしれぬ」

わかっていたら、なんとかしてやれた。

そなたが悲しい思いをせずに済むようできたのに。

そう、彼はまるで自分が家族を亡くしたかのように苦しげな表情をしていた。

彼がなにを言っているのか、よくわからなかったけれど、幼い晴葵にも彼が自分を労ってくれているのは伝わってきたので嬉しかった。

そして彼は、大人たちが迎えに来るまで、ただ黙って晴葵のそばにいてくれたのだ。

両親を失った当初、晴葵が心配だったのか、彼は今までより頻繁《ひんぱん》に現れるようになった。

晴葵も、なんとなく寂しくて会いたいなと思った時には、部屋の外に出て待つこともあった。

祖父の家には味のある、木造の物干し場が二階に設置されているので、夜空を見上げるにはうってつけの場所だった。

晴葵が待っていると、彼は音もなく出現し、いつのまにか物干し場の隣に立っているのだ。

あの日、なにを話したっけ……？

夢の中で記憶を辿るうちに、だんだん思い出してくる。

「新しい学校はどうだ？」

「うん、楽しいよ。友達もできたし」

本当はまだ元気が出なくてつらかったけれど、心配をかけてはいけないとそう答える。

だが、そんな晴葵の虚勢を見抜いているのか、彼はぽんとその小さな頭を撫でてきた。

「我の前では無理をする必要はない。寂しければ寂しいと言ってよいのだぞ」

「……うん」

そんな優しいことを言われたら、涙が溢れてしまう。

それでも晴葵がぐっと泣くのを堪えていると、彼が長身を屈め、そっと抱きしめてきた。

幽霊なのに、こうしてちゃんと触れられるし体温も感じられるんだなぁ、などと不思議に思いながらも、なんとなくこそばゆい。

晴葵を軽々と抱き上げた彼は、言った。

「我のところへ来るがよい。そなたは将来、我の伴侶となるのだから」

「はんりょって、なぁに？」

難しくて意味がよくわからないので首を傾げていると、彼は少し思案し、「ようはずっと一緒にいる相手ということだ」と解説してくれた。

「そしたら、さびしくない？」

「ああ、もうそなたを決して一人にはせぬ」

そう答えた彼の表情はひどく真剣で、なんだかちょっとドキドキしてしまうが、晴葵はふるふると首を横に振った。

「僕じゃなくて」

「……？」

彼を指差すと、彼は少し驚いたように目を瞠《みは》る。

「我か……？　我が寂しくないかと案じておるのか？」

「だって、幽霊さんも一人なんでしょ？　だからさびしくて僕に会いに来るんじゃないの？」

その問いは彼の核心を衝いてしまったのか、端正な美貌がわずかに歪んだ。

「……我がこうして訪れるのは、ただそなたに会いたいゆえだ。ずっと……もう気の遠くなるほどの永い間、そなたを待ち続けた」

もう一秒たりとも待つのは不本意だ、と彼の眼差しが訴えている。

どうしてこの人は、こんな目で自分を見るのか、まだ幼い晴葵にはよくわからなかった。

「……でも、僕にはお祖父ちゃんがいるから」

祖父も祖母を病気で亡くし、息子夫婦も失ったばかりなので、自分までいなくなってしまったらきっと寂しむだろう。

だから無理だと、晴葵は首を横に振った。

「ならば、祖父君が亡くなったら我のところへ来るか？」

そうしたら、自分はもう天涯孤独なので、誰にも迷惑はかからないだろうと考え、晴葵は「うん、いいよ」とあっさり答えたのだ。

すると、平素無表情だった彼が、今まで見たことがないくらい嬉しそうに笑った。

「約束だ。今度こそ、そなたとの約束は決して違えぬ」


そこで、はっと目が覚める。

反射的にがばっと跳ね起き、晴葵は開口一番叫んだ。

「しまった～～っ、俺、約束してた～～～!!」

なぜ、こんな大事なことを忘れていたのだろう？

――いやいや、俺当時小学生だしっ、意味もよくわかってなかったし、あれはノーカンだろ、普通!?　あんなんでプロポーズ受けたことにされちゃたまらないっつうの！

そう必死に言い訳をこじつけるが、まぁとにかく一方的に朧夜を嘘つき呼ばわりしてしまったことは謝らなければならないかな……と一応反省する。

なので、着替えと洗顔を済ませて渋々リビングへ向かうと、オープンキッチンからソーセージが焼けるいい匂いが漂ってきた。

「起きたか、葵。今朝餉ができるゆえ、少々待つがよい」

ガスレンジの前では、フリル満載の大きめのエプロンを身につけた風吹がうんしょ、と背伸びしてフライパンを揺すっている。

なので、晴葵は急いで駆け寄った。

「俺がやるよ。俺の朝飯なんだろ？」

「いいや、三人分じゃ。これから食事は、極力一緒に摂るとの朧夜様のお考えなのだ。それ、できた。早よう座るがよい」

風吹がそう急かすので、やむなくダイニングテーブルの席に着く。

昨晩の夕食だけかと思っていたが、今後も晴葵に合わせてわざわざ作り、毎食ずっと一緒に食事をしてくれるつもりらしい。

なぜ彼らは、ここまでしてくれるのだろう？

その時、ワイシャツにネクタイ、それに三つ揃いのベスト姿の朧夜がダイニングに現れる。

ほどよく鍛え上げられた上半身の筋肉の張りが、オーダーメイドのワイシャツの上からでもよくわかる、惚《ほ》れ惚《ぼ》れするほどみごとなスタイルに、日本人離れした長い足。

その姿はまるでファッション雑誌のグラビアの一ページのようで、凛々《りり》しさと溢れ出る常人ならざるオーラに思わず目を奪われてしまう。

どこからどう見ても普通の人間で（ただし、超絶イケメン）、彼が千年生きているあやかしだなどと言われても誰も信じないだろう。

「お、おはよう……ございます……」

嘘つき呼ばわりしてしまった罪悪感から、晴葵は不承不承《ふしょうぶしょう》小声で挨拶する。

すると朧夜が、人の悪い笑みを浮かべてそんな晴葵を睥睨《へいげい》した。

「その顔は、どうやら思い出したようだな」

「うっ……」

痛いところを衝かれ、晴葵はぐっと返事に詰まった。

「で、でも！　俺は伴侶の意味もわかってなかったし！　小学生にわかりにくいプロポーズするとか、あり得ないだろ！　第一、夢かと思ってたし、あんなの無効だ!!」

「人間は約定を破ることがあるが、我らあやかしにとって一度交わした約定は絶対だ。なにがあっても守る」

「そ、そんなこと言われても……」

あんな子ども時代の口約束で生涯の伴侶になれなんて、無茶苦茶だ。

そう抗議しようとしたが、朧夜は続けて「ゆえに、そなたは我と馴染みの店に行く義務がある」とおもむろに主張したので、内心「え、そっち⁉」と肩透かしを食らってしまう。

だが、とりあえずは結婚より回転寿司に連れていく方が何百倍もマシなのは確かだ。

咄嗟にそう判断し、晴葵はため息をついた。

「……俺の行きつけって、ホントに一皿百十円とかの回転寿司ですよ？　そんなんでいいんですか？」

「ああ、一度も行ったことがないから行ってみたい」

「……わかりましたよ。じゃあ、今日の昼案内しますから。でも仕事あるんじゃないんですか？」

「そなたが休みの日は、我も予定は空けてある。伴侶として当然のことだ」

「いや……だから、俺はぜんぜん認めてないですからね⁉」


そんなすったもんだの末、風吹も喜びそうなので誘ったが、「お二人のでぇとを邪魔などできませぬ！」とかたくなに固辞され、やむなく二人で出かけることになった。

ユウウツな晴葵とは対称的に、朧夜は至極ご機嫌だ。

「回転寿司とは、話に聞いたことはあるが、来るのは初めてだ。なぜ寿司が回っているのだ？」

「ア〜ソレハデスネ……」

——回転寿司来たことないとか、嘘だろ……。

朧夜にとって、寿司はカウンターで握ってもらうものなのだろう。

もちろん、時価で。

焼き肉店のことといい、晴葵はひそかに彼に『時価の男』と渾名《あだな》をつけた。

こんなドセレブに百円寿司を奢るなんておこがましいのではないかと、今さらながら引け目を感じてしまう。

すると、朧夜は嬉しそうに「そなたが行きたい店に連れていくのを楽しみに、あちこち下見をしておいたのだ。我もまだまだ連れていきたい店がある。楽しみにしておれ」と告げる。

言われて初めて、自分は食事の必要がないのに、なぜ先日の高級焼き肉店や老舗料亭を知っているのかといえば、晴葵に食べさせたくて店を下見していたのだと気づく。

――やっぱり重い……重過ぎる……っ。

二人でテーブル席へ案内されると、朧夜は革手袋を外してお絞りで手を拭いながら、物珍しげに周囲を見回している。

その間に、晴葵は湯飲みに粉末緑茶を入れ、お茶の仕度をした。

「これはなんだ？　テーブルで手洗いできるのか？」

「え？」

いったいなにを言っているんだと顔を上げると、朧夜が熱湯が出るお茶用ボタンを押そうとしていたので、全力で止めに入る。

「あ～～～っ！　そこ押すと火傷しちゃいますよ！」

咄嗟に両手で朧夜の右手を摑むと、彼は少し驚いたように目を見開き、じっと晴葵を見つめた。

目近で見ると、ますます顔がいい。

とりあえず、それ以外の感想が思い浮かばない。

初めて触れた朧夜の手は、少し冷たくて。

なぜだか、一瞬懐かしい感覚に襲われた。

だがその手触りにざらつくものを感じ、晴葵は視線を落とす。

普段は革手袋をつけていて見えなかったが、彼の両手のひらには、目立たないが火傷の痕《あと》のようなケロイド状の傷痕があったのだ。

「あ……すみませんっ！」

慌てて、手を引っ込める。

もしかしたら、革手袋はこれを隠すためのものだったのかもしれない。

厨二だなんて決めつけて悪かったな、と反省する。

すると、朧夜はその視線に気づいたのか、「遠い昔の古傷だ」とだけ告げた。

――あやかしも、怪我をするのかな。なんだか怪我っていうより、火傷とかの痕みたいだったけど。

気にはなったものの、さすがに不躾には聞けなかった。

「こ、これはこうして、自分でお茶を淹れるためのものなんですよ」

動揺を隠しながら、湯飲みでボタンを押してお湯を注いで見せた。

「なるほど。各々がテーブルで茶を淹れられるのか。便利なものだな」

と、朧夜は素直に感心している。

――この人、千年生きてるくせに三歳児並みに目が離せねぇ～～っ！

風吹の話では数十年眠ったり起きたりの生態だったようだし、かなり以前から富を蓄えていたらしいので、接点のない庶民の暮らしぶりに無知なのは当然かもしれない。

――そういえば、スマホも持たない主義って言ってたよな……。

本人は面倒だから、という体を装っていたが、その実パソコン等の機械類の操作が苦手なのではないかと晴葵はひそかに疑っている。

この分では、タッチパネルでの注文も一騒動だろう。

「俺が注文します。なにがいいですか？」

「よくわからぬから、同じものを」

「え、俺けっこう変わり種系頼んじゃいますよ？」

「変わり種系とはなんだ？」

「普通のお寿司屋さんにはない、なんていうか……回転寿司特有のメニューのことです」

そう教えると、朧夜はよけい興味をそそられたのか、それがいいと言うので、どうなっても知らないぞとタッチパネルを押す。

晴葵の好物は、ツナサラダとマヨコーン軍艦、牛カルビ寿司などだ。

とりあえずそれを二皿ずつ注文すると、指定レーンに高速で届けられる。

「口に合わなかったら俺が食べるんで、残してくださいね」

「わかった、いただきます」

朧夜は律儀に挨拶し、小皿の醤油をつけてマヨコーン軍艦を口に入れた。

「……今まで食べたことがない」

「でしょうね……無理しなくていいですよ？」

「いや、これはこれでうまい」

と、意外にも朧夜は二つ目に箸を伸ばす。

予想外に彼があっという間に三皿を平らげたので、それならと次は海老《えび》アボカドロール、サーモン炙《あぶ》りチーズなどを注文する。

「ラーメンとうどんもありますよ。食べてみます？」

「すごいな。寿司の店なのになんでもあるのか」

朧夜がどれも試してみたいと言うので、あれこれ注文し、取り分けて食べた。

「しかし、個別に注文してるのに、なぜ寿司を回す必要があるのだ？」

朧夜の素朴な疑問に、晴葵は「レーンにしか流れてない限定メニューとかもあるんですよ」と教えてやる。

「例えば……あ！」

ちょうどお目当てのものを見つけ、手を伸ばしてすかさず二皿ゲットする。

「これ、捌いた魚の端っこをいろいろ集めてヅケにした、海鮮ユッケ軍艦巻きなんです。レアメニューで、タイミングが合わないと食べられないんですよ。今日はついてる！」

「なるほど。これもうまいな」

朧夜は普段そう量を食べる方ではないのだが、今日は晴葵と一緒のものを注文したせいか、同じ分だけよく食べた。

気づくとかなり注文していて、おなか一杯だ。

シメにいちごパフェとわらび餅を注文し、これもシェアして食べる。

朧夜が会計しようとしたが、「約束なので」とここは晴葵が意地でも支払った。

「今度は風吹も連れてきてあげましょうね」

「うむ、きっと喜ぶ」

――――ん？　なんだか今の会話って、普通の家族みたいじゃないか……？

拉致監禁わずか数日にして、すっかり彼らとの生活に馴染んでしまっている自分の順応力の高さに愕然《がくぜん》とする。

回転寿司店の駐車場にはえらく不似合いな超高級外国車（くどいようだが八千万円）を、通りかかる人々がじろじろと眺めていく中、晴葵はそそくさと助手席に乗り込んだ。

「なかなか面白い店であった。ぜひまた来よう」

よほど気に入ったのか、朧夜は上機嫌だ。

「我らは敢えて食事をせずとも問題ないが、そなたと一緒に食べるとなんでもおいしい気がする」

なにげない朧夜の感想が、なぜだか晴葵の心に引っかかる。

『皆で一緒にメシ食うと、うまいのに』

なぜか、そんな言葉が脳裏に浮かんできた。

なんだろう……遙《はる》か昔にも、同じ会話を交わしたことがあったような気がした。

「これからどこへ行きたい？　水族館にでも行くか？」

「……」

言われてふと後部座席を見ると、『東京デートスポット特集』やら『恋人が喜ぶ百の方法』など、いわゆるデートマニュアル本が山と積まれている。

スマホが苦手というだけあって、データ集めの方法がかなりアナログだ。

「ひょっとして、こないだラビットランドに連れていったのがデートって、本気だったんですか？」

「……それだけでもない。そなたとの約束を果たしたのだ」

その返事に、やっぱり、と合点がいく。

両親を亡くし、ラビットランドに行けなくなってしまった話を、幼い自分は彼にしたのだろう。

それをずっと憶えていた朧夜は、十数年後にその約束を果たしてくれたのだ。

――あやかしって、こんなに律儀なのかな。

なんとなく断るタイミングを逃してしまうと、朧夜は車を発進させ、結局そのまま一番近い水族館へ連れていかれてしまった。

寿司をたらふく食べた後に水族館へ行くというのも、なかなかシュールだ。

「あの、それ……ほかの人には見えてなさそうなんで、いいっちゃいいんですけど……俺としては、めっちゃ気になるんですけど」

駐車場に車を停め、水族館へ向かおうとする道すがら、晴葵は思い切って彼の腰の刀を指差す。

「鳳凰丸のことか？　これは我の半身のようなものだ。常に身につけておらぬと落ち着かぬ」

「……そうですか」

「現代では銃刀法違反になるでな、これは常人には見えぬよう目眩《めくら》ましの術が施してある。それでも視えるのは、やはりそなたと鳳凰丸にも前世からの縁《えにし》があるゆえであろう」

刀と縁があると言われてもなぁ、と晴葵は困ってしまう。

「この長き年月の間、共にあったのはこの鳳凰丸と風吹だけだ。我らあやかしは、昔は数多く存在したが、今の世ではもうほとんど同族の気配を感じることはない。もし生き延びていたとしても、この人の世に息を潜めるようにして潜伏しておるのだろう」

朧夜の口調は、遙か昔を懐かしんでいるように聞こえた。

「我も人間に擬態して生きるのに、占術師の真似事をして糧《かて》を得ておる。まぁ、この国の政治に裏から関わるのも、よい暇潰しではあるがな」

――どこまでが本当で、どこまでが冗談なのか、わかんないんだよな、この人の話って……。

晴葵は、内心そう思う。

結局そのまま水族館へ入ったが、平日ということもあってか空いていて、ゆっくり見学できた。

晴葵も水族館に来るのは久しぶりだったので、イルカのショーを見たりしているうちに、いつのまにか渋々ついてきたのを忘れてしまうくらい楽しんでいた。

――なんか、いつもこの展開だよな……。

朧夜と一緒にいるのは、いやではない。

ほぼ初対面の頃から妙に居心地がよく、どこか懐かしい感じがするのは、やはり前世からの縁があるからなのだろうか……？

――いやいや、だからって結婚とか子ども産むとかってのは別の話だろっ。

もう朧夜と風吹があやかしだという現実は受け入れつつある晴葵だが、なにせ記憶がまったくないので自分の前世が『葵』だということに関しては、いまだ納得できていない。

仮に一生、記憶が戻らないままの自分でも朧夜はいいのだろうかというのが気になった。

帰りに売店を通りかかり、なにげなくイルカのぬいぐるみを眺めていると、朧夜が一番大きなものを買ってきてしまう。

それは晴葵が抱き枕にできるほどの大きさで、車の後部座席に押し込むのに苦労した。

とにかく、朧夜は自分になにか買ってやりたくてしかたがないようだ。

生まれた瞬間から見守っていたというのだから、朧夜にとって自分はいつまでも子どものままなのかもしれない。

まぁ、億超えの不動産物件を買われるよりはいいか、とありがたく受け取ることにする。

「少し散歩でもするか」

水族館に車を停めたまま、朧夜が近くに海が見える展望台があるというので、付き合うことにする。

「……あの、ちょっといいですか？」

風吹がいない今がちょうどいいと、晴葵は歩きながら思い切ってそう切り出す。

「なんだ？　挙式は海外がよいのか？　なんでもそなたの思う通りにするがよい」

「誰も挙式の話なんかしてませんっ！　ってか、スマホ苦手なくせに、すっかり現世に毒されてるじゃないですかっ」

朧夜の天然ボケに力一杯突っ込むと、晴葵はため息をついて続ける。

「正直、俺がその葵って人の生まれ変わりだっていうのは、まだ信じられません。だいたい、なぜ俺がそうだってわかるんですか？」

「前世で我がつけた、目印がある。そなたの胸には、花びらが散ったような赤い痣があるであろう」

言われて、内心ぎくりとする。

確かに、晴葵の胸……心臓の辺りには花弁《かべん》を散らしたような赤い痣がいくつも刻まれているから。

だが、敵が自分の生まれた時からの筋金入りのストーカーだったことを思い出す。

なら、痣のことも知っていて当然ではないか。

「そんなの、ただの偶然でしょ。第一前世の記憶とか、まったくないし。だから仮に百万歩譲って、もし俺があなたの想い人の生まれ変わりだったとしても、あなたのことを憶えてない俺と結ばれたって無意味っていうか、空しいだけじゃないですか？」

なんとかあきらめて解放してはもらえないか、と晴葵は必死に説得材料を探す。

「その葵って人と、性格だって容姿だって違うだろうし、俺は……あなたの望む伴侶には、きっとなれないですよ」

「肉体は生まれ変わっても、そなたの魂は千年前となにも変わらぬ。とても綺麗でまっすぐで、心惹かれる」

「え……？」

真摯《しんし》な眼差しでじっと見つめられ、思わずどくんと鼓動が跳ね上がる。

そして、朧夜は晴葵の瞳を見据えたまま、「愛している」と告げた。

「この言葉をそなたに告げるまで、千年かかった。ようやく、言えた」

そう呟いた朧夜は、ひどく満足げだった。

それはたった一言ではあったが、彼の万感の思いが込められた大切な言葉に思えて、晴葵はなにも言えなくなる。

――――ん？　でも二人は子どもを作る約束までしてたのに、愛してるって言ってなかったってこと？

内心引っかかったが、さすがにそこまで立ち入って問い質すのはためらわれた。

「だ、だから……！　それは前世の葵さんを愛してたってことでしょ？　俺とは違う……！」

「ならば、もう一度恋をすればよいではないか」

「はぁ？　なに言って……」

「そなたがその気になるまで、いくらでも待つ。我は既に、もう千年も待ったのだからな」

そう嘯《うそぶ》くと、朧夜はつと腕を伸ばし、晴葵を抱き寄せ、その逞《たくま》しい胸の中にそっと抱きしめてくる。

それはまるで大切な宝物に触れるかのような、あまりに自然な所作だったので抵抗する間もなかった。

「こうしてデートとやらを重ね、互いを知っていけばよい。安心しろ。そなたのいやがることはせぬ。だから早く、もう一度我を好きになれ」

「ろ、朧夜さん……っ」

強く抱きしめられると、上質な私服越しからでも彼の分厚い胸の筋肉の感触が伝わってきて、ドキドキしてしまう。

「は、離してください！　俺のいやがることはしないんでしょ⁉」

「固いことを言うな。少しくらいよいではないか」

我らはようやく共に暮らし始めたのだからな、と耳許で囁かれ、ぞくりと肌が粟立った。

動揺して無意識のうちに動いた右手が、偶然朧夜の左腰に佩かれている鳳凰丸に触れる。

するとその瞬間、晴葵の脳内に断片的な映像が流れてきた。

あやかしの姿の、朧夜。

彼と共に畳の部屋で差し向かいで食事をしているのは、自分と同世代くらいの青年だ。

無造作に伸ばした髪を高い位置で一つに結び、その顔立ちも雰囲気も、どことなく自分に似ているような気がする。

服装や室内の内装から、かなり昔……そう、平安時代くらいかもしれない。

膳の上には鮎《あゆ》の塩焼きや雉《きじ》を焼いたものなど、当時としては豪華な内容で、青年は気持ちのいい食べっぷりで白米を掻き込んでいる。

その姿を、片膝に頬杖を突いて酒を飲みながら、朧夜がひどく優しい眼差しで見つめていた。

彼の表情だけで、どれほどその青年を愛おしく思っているのかが伝わってくる。

すると。

「どうした？」

訝しげな朧夜に声をかけられた瞬間に映像が消え、晴葵は我に返った。

――なんだったんだ、今のは……？

「……いえ、なんでもないです。そろそろ帰りましょうか」

朧夜にこの動揺を知られたくなくて、晴葵はそう誤魔化した。


プロポーズは受けられない、とあれほどはっきりきっぱり断ったというのに、なぜか「それならまずはお友達から始めましょう」と妙にポジティブ変換されてしまった。

さすがは、ストーカー歴二十一年の筋金入りである。

――あ～もう、いったいどう言ったらあきらめてくれるんだ⁉

このままでは男の、しかもあやかしの嫁にされてしまう、と晴葵は困惑する。

その上、高らかに宣言したせいか、朧夜は今までにも増して、エンジン全開で晴葵を口説き落とそうとしてくるのだ。

「今日はそなたの好物の、生姜《しょうが》焼きだぞ」

その日も、夜八時過ぎに店からマンションへ戻ると、先に帰っていたらしい朧夜が夕飯の仕度をしてくれていた。

晴葵と同居（という名の拉致監禁）を始めてから、彼はいつも晴葵より先に帰宅しているので、予言者様の仕事とやらは大丈夫なんだろうかと心配になる。

が、とにかく彼は晴葵の世話を焼くのが楽しくてしかたないらしい。

彼が作ってくれた生姜焼きは、実に晴葵好みの味つけでおいしかった。

「……朧夜さんって、お料理上手ですよね。自分は食べないのに、なんで？」

ついがっついてご飯をお代わりしながら、晴葵はそう質問する。

「そなたが転生するまで暇だったのでな。学校に通い、調理師免許も取っておいた」

「……マジですか⁉」

どうりで玄人裸足《くろうとはだし》な腕前だと思った、とようやく合点がいく。

「前世ではそなたが我に尽くしてくれた。今度は我が、そなたに尽くす番だ」

「朧夜さん……」

記憶がない晴葵には、前世の自分がどう彼に尽くしていたのかわからないが、いつのまにかそれを知りたいと思っている自分に気づいて動揺する。

——駄目だ、そんなんで絆されちゃっ。たとえ前世で恋人だったとしても、この人と結婚するとか無理なんだから……！

「我らの仲ではないか。さん付けなど他人行儀だ。我のことは朧夜と呼べ」

「どんな仲なんですかっ、呼び捨てになんかできませんよ」

と、晴葵は距離感を置くためにきっぱり拒否する。

「第一プロポーズは、こないだはっきりきっぱり断ってますよね⁉」

「結論を出すのはまだ早いであろう。我らは同棲を始めたばかりゆえな」

「だから、同棲じゃなくて拉致監禁でしょ！」

相変わらずの話の通じなさに、晴葵はため息をつく。

「……自慢じゃないけど、俺めっちゃモテない青春送ったんで、れ、恋愛とか……まるで縁がなかったんですよ。だから、あんまりぐいぐい来られると困るっていうか……」

恥を忍んでボソボソと呟くと、生姜焼きに夢中でぱくついていた風吹が口を挟んでくる。

「おぬしはモテなかったわけではないぞ。それなりに言い寄ってこようとしていた男も女もおったしな」

「そうだ。我の伴侶に魅力がないわけがない」

「……へ？」

まさか、自分の過去の恋愛事情まで……あり得ないだろうと思いつつも、シャンプーの銘柄からなにまで知り尽くされているだけに、いやな予感が晴葵を支配する。

「ま、まさか……？」

「我が伴侶を悪い虫から守るのは、当然のことであろう」

「俺がモテない青春送ったのは、あんたのせいか〜〜〜!!」

晴葵渾身の突っ込みを、二人はさらりとスルーし、風吹が続ける。

「そういえば葵が高校生の時に、ずいぶんとしつこい男がおりましたよね、朧夜様。ほれ、あの進藤《しんどう》とかいう」

「そうであった。あやつは少々人格に問題があったな」

「ちょ、ちょっと待った‼　進藤って……同じクラスだった、あの進藤のこと？」

「そうじゃ。葵にちょっかい出しておったろう。あんなにロコツに言い寄っておったのに、まさか気づいておらなんだのか？」

「……ぜんぜん」

夜間定時制高校の二年だった時、同じクラスだった進藤は、父親が板金塗装会社を経営しているお坊ちゃまで、常に取り巻きを連れ、我が物顔に振る舞うタイプの生徒だった。

比較的自由な校風の上、制服がなかったので、いつも派手なブランド物の服を見せびらかしていたのをよく憶えている。

自分とはまったく接点がないし、ほとんど口を利いたこともない相手が好意を持っていたと聞かされても、にわかには信じられない。

すると、朧夜が渋面を作って続ける。

「あやつは男も女も見境なしで、気に入った相手を手込めにする輩《やから》であった。そなたのことも帰り際に襲って不埒《ふらち》な真似をしようとたくらんでおったので、少々灸《きゅう》を据えてやったわ」

言われて、そういえば当時体育館倉庫でボヤ騒ぎが起き、進藤ら数人が煙草を吸っていたということで停学騒ぎがあったのを思い出す。

「それじゃ……あのボヤ騒ぎが起きてなかったら、俺は……？」

「取り巻き数人で押さえ込まれれば、抵抗のしようもなかったであろうな」

「朧夜様によ～く感謝するんじゃぞ！」

と、また風吹が我がことのように反っくり返って威張っている。

「うむむ……」

確かに、進藤の不穏な噂《うわさ》は耳にしたことがあったが、まさか自分もターゲットにされていたなんて夢にも思わなかった。

まったく知らなかったこととはいえ、貞操の危機を救ってくれたらしい彼らに、一応礼を言わねばならないだろう。

「……ありがと、助かったよ」

「なんの、そなたは我が掌中の珠《たま》。大切に慈しんで守ってきた。ゆえに一日も早く、我のものになるがよい」

「それとこれとは別……!!　あ～もう！　なんでモテない青春送らされて、お礼言わなきゃなんないんだよ、理不尽だ……！」

晴葵は、心の底からそう吠えた。


そんなこんなで朧夜たちに翻弄《ほんろう》されながら、バタバタしているうちに瞬く間に日々は過ぎていく。

「ただいま戻りました、朧夜様」

「ただいまぁ」

いつのまにか、マンションに帰ると、風吹につられたとはいえ自然にその言葉を口にしている自分に気づき、晴葵は少し驚いた。

ここで暮らし始めて、早半月。

すっかり慣れてしまっている自分の順応力の高さが、少し怖い。

――でもさ、居心地はいいんだ。風吹も可愛いし。

毎日店まで同行し、一日中一緒の風吹を、晴葵は実の弟のように感じ始めている。

朧夜の手料理はおいしいし、部屋には鍵もついているので安心して眠れ、これといって不都合はなにもない。

――いや、いつまでもこれはまずいだろ……早いとこ朧夜さんを説得して、店に戻らないと。

頭ではそう考えるものの、いつのまにか彼らとの生活が楽しくて、結論を先延ばしにしている自分がいた。

「おい、葵。そのげぇむとやらはどうやって遊ぶのじゃ?」

夕食後、晴葵がリビングの大画面テレビでカーレースのゲームをプレイしていると、興味津々の風吹が寄ってくる。

ちなみにこれも、ゲーム好きの晴葵のために朧夜が買っておいたものらしい。

せっかくあるのに使わないのももったいないので、遊ばせてもらっている。

「やってみる？　じゃ、コントローラーを持って」

ソファーに座っていた晴葵は、自分の膝の上に風吹を座らせ、コントローラーを両手で握らせた。

「このスティックをこっちに押すと、右に行く。こっちを押すと左ね」

「なるほど……ああっ！　もう崖から落ちてしもうたぞ⁉」

などと、二人できゃっきゃと遊んでいると、リビングを通りかかった朧夜が、なぜかその様をじっと眺めている。

「なに？」

「……べつに」

そう言いながらも、朧夜は出ていこうとはせず、晴葵の隣に座った。

だだっ広いリビングには十人は座れるロングソファーがあるというのに、なぜわざわざ隣に座るんだろう、と思いながら、引き続き風吹にゲームのやり方を教えていると。

「なかなか面白そうであるな。これが今どきのゲームというものか」

などと意味深に呟き、ちらちらと視線を送ってくる。

「え、朧夜さんも興味あるの？　やってみる？」

なにげなくもう一つあるコントローラーを差し出すが、朧夜はなぜか不満げな表情でそれを受け取ろうとしない。

「なんだよ、やらないの？」

彼の意図がわからず、首を傾げると。

「ああっ！　これは気が利かずに申し訳ありませぬ、朧夜様！」

なぜか、晴葵の膝から風吹が飛び上がった。

「え、なに？」

「おぬしも鈍いのう！　朧夜様は、おぬしのお膝でげぇむを教えてほしいのじゃ」

「は⁉」

「ささ、どうぞ、朧夜様」

ぴょんと晴葵の膝から降りた風吹が、朧夜に勧めるが、晴葵は「いや、物理的に無理だろ……百九十近い男を乗せたら画面見えないし、俺の膝がやられる」と抗議する。

すると、朧夜は無言で己の膝を叩いた。

どうやら、自分の膝に乗って教えろ、ということらしい。

「ええ、やだよ。恥ずかしい」

「なに？　風吹は乗せておいて、我の膝には乗れぬと申すのか？　不公平であろう」

「いや、ぜんっぜん不公平じゃないし」

二人が言い争っているうちに、風吹は「では、わしは先に休ませていただきますゆえ～」とそそくさとリビングから逃げていってしまった。

「ほら、朧夜さんがあんなこと言い出すから、風吹が気を遣って行っちゃったじゃないか。大人げないなぁ」

「妖力を抑えているせいで、今は子どものなりだが、あやつも昔は成人体であったのだぞ」

「そうなの？」

言われてみれば、そんな話を聞いたことがあったが、葵時代の記憶がない晴葵にとっては風吹の青年時代の姿を見たことがないのでしかたがない。

ちらりと見ると、朧夜は両手を広げ、晴葵が膝に座るのを待ち構えている。

来るまで、梃子《てこ》でも動かないといった強い意志を感じる。

「……しょうがないな。ちょっとだけだからね？」

渋々、ソファーの彼の足の間にちょこんと座ると、朧夜が背後から晴葵の身体ごと抱えるようにコントローラーに両手を伸ばしてきた。

大きな手で自分の手ごとコントローラーを包まれ、その温もりにドキリとしてしまう。

「こ、このスティックを親指で操作するんだよ、ほら」

「……こうか？」

平静を装いながら、このドキドキが彼に伝わってしまうのではないかと晴葵は焦った。

「そうそう、あ、そこで左に倒して！」

そう指示する前に、朧夜が操作していた車は初っぱなでみごとに崖から落ちてしまった。

「……むぅ、これだから機械は好かぬのだ」

「最初からできなくて当たり前だよ。もう一度やってみる？」

ちらりと様子を窺うと、相変わらず表情からは感情が読みにくいが、口では文句を言いつつ、楽しんでるなと晴葵は思う。

「朧夜さんってポーカーフェイスだけど、ほんのちょっとしたことで感情出るよね。昔も……」

気まずさを誤魔化すため、そこまで言いかけて、はっとする。

まだ知り合って間もないというのに、なぜ自分には彼の微妙な感情の変化がわかるのだろう？

なぜ、懐かしい、またかという気がしたんだろう？

もしかしたら、前世の記憶の断片が浮かび上がってきたのではないだろうか。

――まさか……！　これはきっと、あれだよ、前世前世って言われてるから、そんな気がするだけで、ただの偶然だって。

慌てて、そう自分に言い聞かせる。

「どうした？」

「う、ううん、なんでもない」

焦って首を横に振ると、背後でふっと朧夜が微笑む気配がした。

「懐かしいな……千年前、こうしてよくそなたに文字の書き方を教えたものだ」

「……そうなんだ」

「今は我が、そなたにゲームを教えてもらっておるとはな」

と、懐かしげに朧夜が笑う。

肌が触れ合っているせいか、微《かす》かな振動や彼の吐息、体温が伝わってきて、なんだかひどく落ち着かない。

この感覚を、遙か昔から知っているような気がするのは、なぜなのだろう……？

「あ、そっちじゃないって。自分のコースから外れないように、コントローラーをこうやって動かすんだよ」

動揺を悟られまいと、晴葵は引き続きゲームのやり方を教えてやる。

「こうか？」

「そうそう、あ、次のコーナーで右にハンドル切って！」

難易度はそこそこあったのでクラッシュするかと思いきや、朧夜は器用にハンドルを操って一応ゴールまで辿り着いた。

「やった！　けっこううまいじゃん」

思わず笑顔で朧夜を振り返ると、思いがけず真剣な表情の彼と視線が合う。

「……？」

どうしたの、と問う前に、そのまま背後から抱きしめられ、どくんと鼓動が高鳴った。

「……しばらくの間だけでいい。どうか、このままで……」

「朧夜さん……」

彼の声があまりに切なげだったので、晴葵は拒むことができなかった。

身を固くし、されるがままでいると、朧夜はぐっと腕の力を込めてくる。

――駄目だ、この人の気持ちに応える気がないなら、こんなこと許しちゃ……。

頭ではそうわかっているのに、抵抗できない。

この温もりを、心のどこかでずっと欲していたような錯覚さえ起きてくる。

どうしよう、とグルグル考え、ややパニックに陥って硬直していると。

「……すまなかった」

ふいに朧夜は晴葵を解放し、そのままリビングを出ていってしまった。

後には一人、晴葵だけが残される。

――び、びっくりした……っ。

まだ心臓がバクバクしていて、口から飛び出しそうだ。

朧夜からしてみれば、千年もの間、転生するのを待ちわびていた恋人とようやく再会できたというのに、共に暮らしていてなにもできないのは、蛇《へび》の生殺しだろう。

やはり、彼の思いを受け入れられないなら、自分はここを出ていくべきなのではないだろうか。

――どうして、朧夜さんは俺をここに住まわせてるんだろう?

口説き落とすためと嘯きつつ、朧夜は決して無体な真似はしてこない。

相手は、なにせあやかしだ。

幻術や妖力を使って無理やり手込めにすることだってできるだろうに。

――俺の意志を尊重してくれるのはありがたいけど……。

このままでは、お互いのためによくない気がする。

そう思うものの、具体的にどうしていいかわからず、晴葵は一人ため息をついた。

◇　◇　◇

そんな調子で、日々を忙しく過ごしていると、晴葵がこのマンションに連れてこられてから、あっという間に一ヶ月近くが経っていた。

「ご飯、できたよ」

レタスのサラダをボウルに盛りつけながら、晴葵が二人に声をかける。

今日の朝食当番は、晴葵だ。

ミックスチーズを食パンの上にたっぷりと載せ、トースターでトロトロになるまで焼き上げた後、仕上げに蜂蜜《はちみつ》と黒胡椒《くろこしょう》をかければ蜂蜜チーズトーストの完成だ。

晴葵お得意のこのメニューは二人から好評で、最近よく作っている。

「では、いただこう」

「いっただきまぁす！」

三人で手を合わせ、今日も賑やかな朝食で始まる。

朝と晩は必ず三人一緒に食事をする、それが朧夜の決めたルールだ。

あれ以来、朧夜が強引に迫ってくることもないので、晴葵もこのままではいけないとは思いつつも結論を先延ばしにしていた。

すると、食事をしながらおもむろに朧夜が口を開く。

「今日からしばらく……そうさな、一週間ほど眠りにつく。なにかあったら起こすように」

「はい、わかりました」

慣れた様子で頷く風吹とは裏腹に、晴葵は首を傾げる。

「え、眠るって……？」

「そうか、葵が来てからは初めてじゃな。朧夜様は妖力の消耗を少しでも抑えるために、定期的にお眠りになられるのじゃ」

「そうなんだ……」

以前、風吹が教えてくれた、千年の間に数十年眠りについていた時期があるというのがこれか、と納得する。

とはいえ、晴葵がこの世に生まれてからは長期的に眠りにつくことはなく、こうして一週間単位で小刻みに休息を取っているようだ。

——一週間、会えないんだ……。

そう考えると、少し寂しいような気がして気分が落ち込むが、はっと我に返る。

——な、なんで俺、朧夜さんに会えなくて寂しいとか思っちゃってるわけ？

半ば脅迫されて強引に同居させられているというのに、おかしいだろ、と自分に言い聞かせる。

その晩、入浴を済ませ、身を清めた朧夜が眠りにつく前、晴葵は呼ばれて彼の私室を訪れた。

「朧夜さん」

扉をノックすると入るよう言われたので、ドアを開ける。

すると、室内は普段の彼の私室ではなく、まるで大河ドラマなどで見る、平安貴族の寝室のような畳敷きの上に豪奢な布団が敷かれていたので、思わず二度見してしまう。

「え、どうなってんの、これ⁉」

「眠りにつく際は、他者の邪魔が入らぬよう結界を敷いておるのだ。ここは異空間ではあるが、そなたは自由に出入りできるようにしてある」

そう答えた朧夜は、元のあやかし姿の銀髪に戻り、白い寝衣姿だ。

「そ、そうなんだ……」

「今後も眠りにつくことがあるゆえ、そなたにも一度見せておこうと思ってな」

言いながら、彼は布団に横たわる。

枕許には、刀掛け台に置かれた鳳凰丸が飾られていた。

朧夜が静かに目を閉じたので、晴葵も神妙な面持ちでその枕許に正座する。

「……なんか、俺にできることある？」

「眠っている間は、我は無防備だ。その間に、殺そうと思えばいつでも殺せる」

その不穏な言葉に、思わずドキリとしてしまう。

そして自身の結界に入れるようにするというのは、それくらい重い選択なのだとはっとした。

「な……なに物騒なこと、言ってんだよ。シャレになんないだろ」

「そうか」

『今世でそなたが自由になりたいのなら、我を殺せばよい』、そう言われた気がして、晴葵は動揺を隠せなかった。

すると、目を閉じたまま朧夜がつと左手を差し出して、晴葵の手を握ってきた。

「ならば我が眠りにつくまで、手を繋いでいてくれるか？」

「……今度は甘えたかよ」

口ではそう言いつつも、晴葵は結局繋がれた手を振りほどけず、枕許に正座し続ける。

「そなたに見守ってもらいながら眠りにつけるなど、夢のようだ」

そんなこと、言わないでほしい。

なんだか、このまま永久に彼を失ってしまいそうな不安感が襲ってくるから。

「朧夜さん……」

静かに名を呼んでみるが、反応がない。

もう、眠ってしまったようだが、彼は握った晴葵の手を離さなかった。

その手をそっと外して布団の中へ入れてやると、晴葵は「おやすみ」と告げ、静かに部屋を出ていった。


それから、晴葵は毎朝仕事へ出かける前と夜寝る前に、朧夜の様子を見に行くようになった。

彼の結界内では時間の流れが止まっているのか、部屋に入ると朝なのか夜なのかもわからなくなる。

さすがにもうこの辺になると、晴葵も少々のことでは驚かなくなっていた。

その日も、入浴を済ませた後の部屋着姿で晴葵は彼の私室を訪れる。

「ただいま」

毎晩そう挨拶するが、横たわった姿勢の朧夜は眠り続けたままだ。

今日で、六日目。

明日には目覚める予定だと聞いているが、あまりに身動き一つしないので、もしかして死んでいるのではないかと心配になって、口許に耳を寄せて寝息を確認してしまう。

すると、微かではあるが規則正しい呼吸音が聞こえてきたので、ほっとした。

――なにやってんだ、俺は……。

朧夜が眠りについている間に、逃げ出すことだって可能なのに。

いや、結局目覚めた後にまた脅されて連れ戻されるのがオチだから、と自らに言い訳する。

なんだか、朧夜に出会ってから、いつもこうだ。

彼を拒否しなければという思いと、自分でも認めたくないが、彼に心惹かれる思いと。

そんな相反する気持ちに揺さぶられ、いつまでもぐずぐずと結論が出せずにいる。

と、その時。

『そなた、己の前世を知りたくはないか？』

ふいに頭の中に声が響いてきて、晴葵は慌てて周囲を見回す。

が、もちろん誰もいない。

一瞬朧夜かとも思ったが、彼は依然眠りについたままだ。

「だ、誰⁉」

すると、晴葵の問いに呼応するように、目の前にゆらりと幻影のようなものが現れた。

ＳＦ映画などでよく登場する、ホログラムに似ている。

それは、朧夜と同じ年頃の和服姿の男性の姿だった。

驚きよりも先に、晴葵は彼があやかしの時の朧夜と同じ銀髪なことに気づく。

「あなたは……？」

『そなたらがあまりに亀《かめ》の歩みゆえ、よけいなお節介を焼きに参った。倅《せがれ》には内緒に頼む』

「え、倅って……もしかして、朧夜さんのお父さん⁉」

朧夜の父であることは否定も肯定もせず、男性は枕許に飾られた鳳凰丸を指差す。

『鳳凰丸は、千年前より朧夜と共にあり、一部始終を目撃してきた。あれに触れれば、そなたの前世の記憶を呼び戻すきっかけとなろう』

「え……？」

そんなことが、果たして可能なのだろうか？

そこで晴葵の脳裏に、先日の水族館帰りでの出来事がよみがえる。

あれは、偶然鳳凰丸に触れたから、己の前世が一瞬だけ垣間見えたのだろうか……？

目の前の朧夜の父親らしき人物にも、聞きたいことは山ほどあった。

けれど……。

『さぁ、己が手を伸ばしてみるがよい』

「……っ」

知りたい。

千年前の自分と朧夜がどうやって出会い、どうやって結ばれたのか。

そして、なぜ自分は死に、朧夜は千年もの長きに亘り、自分の転生を待ち続けたのかを。

かなり逡巡《しゅんじゅん》したが、晴葵は思い切って右手を伸ばし、そっと鳳凰丸の鞘《さや》に触れた。

「……!?」

次の瞬間、まるで電流に触れたかのような衝撃が全身を走り、晴葵はそのまま意識を失った。

◆　◆　◆

時は、平安時代。

京の都にほど近いその小さな村では、過去に酷い日照りが続き、何度も大飢饉《だいききん》に襲われてきた。

村の背後に広がる、広大な『還《かえ》らずの森』には、昔から多くのあやかしが住むと言われている。

中でも、一番恐れられているのは朧夜というあやかしだ。

絶大な妖力を持つと言われている朧夜は、京の都近隣のあやかしたちの王である。

検非違使《けびいし》が派遣され、討伐部隊が出たこともあったが、いずれも返り討ちにされ、それ以来あまりの強さに挑もうとする者は誰もいない。

天候も操り、飢饉も彼の機嫌一つだとの噂で、朧夜の怒りを静めるために、村では数年に一度、村の子どもたちの中から生け贄《いにえ》を捧げなければならなかった。

「今回は寺の孤児がいいだろう。どうせ身寄りもないことだし」

「そうだな。誰も文句は言うまい」

五年ほど前に家族が流行り病で亡くなり、孤児になった葵は、近くにある寺の住職の許で下働きをしながら住まわせてもらっている身の上だった。

生け贄のことは、昔両親から聞いたことがあったので、こうなるのではないかという予感はあった。

寺には、葵と同じように流行り病で親を失った子らが五人ほどいた。

中でも今年十五歳になる葵が一番年長で、皆の兄役だった。

下は十二歳の吉次《きちじ》に十歳の多重《たえ》、八歳の須恵《すえ》とその弟で五歳の茜丸《あかねまる》。

同じ村に生まれ育ち、同じく親を亡くした彼らと住職は、葵にとって大事な家族だ。

「子どもをあやかしの生け贄に差し出すなど、なんと酷いことを……猪《いのしし》や鹿肉《しかにく》で代用するわけにはいかんのか」

葵達を引き取ってくれた住職だけは反対してくれたが、葵は自ら志願した。

そうしなければ、下の子たちの誰かが生け贄に選ばれることになるからだ。

「いいよ、俺行くよ。反対すると、住職が村に住みにくくなるだろ」

「葵……」

「今まで面倒見てくれて、ありがとな。お世話になりました」

「葵兄ちゃん……」

自分がいなくなったら、最年長になる吉次に、下の子らのことをよろしく頼むなと告げると、彼らは皆泣きじゃくった。

こうして葵は儀式当日、丹念に身を清めてから、無造作に伸ばした茶色い髪を高い位置で一つに結ぶ。

そしていつも身につけていた粗末な着物ではなく、この日のために用意された新品の白装束をまとって村人達が用意した輿《こし》に乗せられた。

輿を担いだ村人たちは、普段は決して立ち入らない還らずの森に分け入り、中程にある小さな滝の前で輿を降ろす。

生け贄を捧げるのは、その滝の前と決まっているのだ。

葵は、近くの大木に荒縄で縛りつけられた。

見届け役の中には、葵の父と仲がよかった隣の家の者もいた。

葵と目が合うと、彼は疚《やま》しそうに視線を逸らし、「すまねぇな、葵。村のために堪えてくれ」と言い訳がましく呟いた。

「朧夜様、生け贄を捧げますので、どうか飢饉から村をお救いくだせぇ！　今後も村には手を出さねぇでくだせぇ！」

村人たちは口々に勝手な願いを叫び、そそくさと森から逃げるように立ち去っていった。

一人残された葵は、覚悟を決める。

五年前、流行り病で両親も、まだ幼かった弟と妹も死んだ。

体力があった自分だけが生き残ってしまったことを、葵はずっと後悔していた。

――あやかしに食われるって、やっぱり痛いんだろうなぁ。

生きたまま、頭からボリボリと貪り食われるんだろうか？

あの時、家族と一緒に死ねていたら、痛い思いはしなくて済んだのだろうか？

さしもの気が強い葵も、想像するだけで血の気が引いてくる。

と、その時。

風の流れが変わり、体感温度が一気に下がるのを感じた。

――来た……！

まだ実際にあやかしを見たことがなかった葵にも、『王』が現れたのは気配でわかった。

風が吹き、周囲の草や木々までが彼に平伏するように頭を垂れる。

恐らくは六尺（約百八十二センチ）は軽く超える長身の、若い男の姿だ。

特徴的なのはなんといってもその髪の色で、光り輝く銀糸のような長髪を背中まで垂らしていた。

高価そうな派手な柄の直垂に袴、その上にふんだんに毛皮を襟元にあしらった表衣《うわぎ》を身につけている。

貴族や位の高い人間が豪奢な装いで身を飾るのを見たことはあるが、『彼』は今まで誰もしていないような独創的な着こなしをしていて、それがまたよく似合っていた。

宝玉のように妖しく光る、深い碧の双眸に高い鼻梁。

皮肉な笑みを刻んだ薄い唇は、紅を塗っているわけでもないのに赤く見える。

この男が、単身検非違使を蹴散らし、あやかしの王と恐れられている『朧夜』なのか。

とにかく表現し難い、背筋がぞっとするほどの美丈夫で、葵はこんなに美しい男を今まで見たことがなかった。

あやかしは人間を籠絡《ろうらく》するために魅惑的な容姿をしていると聞くが、本当だと思った。

朧夜は縛られたまま硬直している葵を見下ろし、侮蔑《ぶべつ》の笑みを浮かべる。

「ふん、また懲りずに生け贄を捧げに来たか。愚かな人間共め」

言葉が通じるのか、という驚きと共に、葵は生来の負けん気が頭をもたげてきた。

「……そこのあやかし！　俺を食うのはいい。だがな、これで最後にしてくれ。もう村の子どもから、生け贄を出させるのはやめると約束しろ……！」

それが、たった一つの葵の願いだった。

正直、朧夜の発する気迫は凄まじく、圧倒されて身体が震えたが、負けずにきっと彼を睨みつける。

すると、朧夜は腰に手挟んでいた太刀をすらりと抜いた。

「この我相手に、よくぞ申したな、小童。その度胸だけは褒めてやろう。だが震えておるぞ？　本当は怖いのであろう？」

「こ、怖くなんかあるもんか……！　食うならさっさと食え！」

「そうか、では望み通りにしてやろう」

朧夜がそう嘯き、葵の喉許に刀の切っ先を突きつける。

これで終わりだ、とぎゅっと目を瞑った、次の瞬間。

刀が一閃し、葵を縛っていた縄がバラバラと地面に落ちた。

恐る恐る目を開けてみると、刀を鞘に収めた朧夜は人の悪い笑みを浮かべている。

両手でパタパタと白装束の胸許を叩いて確認しても、どこにも斬られた傷はない。

「え……？　なんで……？」

「人間共にも困ったものだ。我は、人間などというまずいものは食わぬ。どこへなりとさっさと去《い》ね」

踵《きびす》を返し、朧夜がそのまま立ち去ろうとするので、葵は慌てて立ち上がる。

「ま、待てよ！　それじゃ、今までの生け贄の子たちは？」

「皆、逃げ出していったわ。まぁ村には帰れぬので、そのままよその村へでも逃げて、今も元気で暮らしておるだろうよ」

「そんな……」

死を覚悟してきただけに、葵は思わず力が抜け、その場にへたり込んで放心してしまう。

「……本当の本当に、俺を食わないの……？」

「くどいぞ」

そんな葵を睥睨し、朧夜がふん、と鼻を鳴らした。

「そなたたち人間は、己に都合がよいものを神と崇《あが》め、都合の悪いものをあやかしや鬼と呼んで敵視し、忌《い》み嫌う。まことに勝手なものよの。飢饉も日照りも、我らあやかしの預かり知らぬこと。村の不幸を、いちいち我らのせいにされてはたまらぬ」

「それは、そうだよね……ごめん」

確かに朧夜の言う通りだと思ったので、葵は素直に頭を下げる。

すると、そのような反応されるとは思わなかったのか、朧夜が少し驚いたように瞠目《どうもく》した。

「けど、戻ったらほかの誰かがまた生け贄にされるんで、村には帰れない。俺が生け贄になったことにしとかないと、住職や下の子たちに迷惑がかかるんだ」

「ふん、人間の事情など知ったことか。ここはあやかしたちが住まう還らずの森だ。こんなところをウロウロしていれば、ほかのあやかし共の餌食になるぞ」

そう脅かすと、朧夜は笑いながら一瞬にして姿を消した。

こうして思いがけず命拾いした葵は、森を抜けてほかの村へ逃げることも考えたが、やはりどうしても住職と下の子達の行く末が気になって、しばらく森で暮らすことにした。

滝の近くにいい具合の洞窟があったので、そこを住み処にする。

黒曜石を打ち割って小刀にして、それで木の枝から槍や弓矢を作り、兎《うさぎ》や雉《きじ》を獲《と》る。

葵の父は村でも指折りの猟師だったので、獲物の狩り方や捌き方は小さい頃から教え込まれていた。

余った分は干し肉にして、保存食にする。

銛《もり》を作ると川で魚も獲れるようになり、新鮮な川魚の内臓を抜いてこれも干物にした。

森は豊かで山菜や茸《きのこ》などもたくさん採れたし、滝のおかげで水の心配もないので、食べることには困らなかった。

皮肉にも、あやかしの住み処となっているせいで人間に荒らされることなく、還らずの森は豊かな自然が保たれていたようだ。

邪魔な髪はいつも一つに括り上げ、獲れた鹿の毛皮を縫い合わせて身にまとっている葵は、すっかり猟師のような出で立ちだ。

——こんなご馳走、あいつらにも食わせてやりたいけど、寺では菜食しか駄目だしな……。

一人きりで森で暮らしていると、さすがに寂しさが募ってくる。

考えるのは、寺に残してきた弟分たちのことばかりだ。

しばらく迷っていたが、結局葵は竹で編んだ籠に蓄えておいた茸や山菜など、寺でも食べられるものを詰めて背負い、森を出立した。

輿で運ばれる途中、あちこち目印を憶えていたので、その記憶を頼りに村へ戻る道を辿る。

明るいうちに発ったので、なんとか森を抜け、日が暮れる前には村の近くまで辿り着けた。

だが人目があるので、念のため暗くなるまで待ってから再び動き出し、寺へと向かう。

勝手知ったる門から中へ忍び込むと、いつも食事を摂っている離れから灯りが漏れている。

思わず駆け寄り、皆に会いたい気持ちを押し殺して、葵は離れの入り口に籠を置いた。

そして門を出る辺りまで離れてから小石を投げ、遣戸《やりど》に当てる。

物陰に隠れ、様子を窺っていると、中から吉次が引き戸を開け、キョロキョロと周囲を見回した。

「吉次、誰じゃった？」

「誰もいないよ、和尚様《おしよう》。あ！　荷物が置いてある！」

葵が置いた籠に気づいた吉次が、後から外へ出てきた住職に見せる。

「すごいご馳走だ！　いったい誰が施行《せぎよう》してくれたんだろう？」

「さぁ……ありがたいことじゃ」

と、そこへ他の子どもたちも全員外へ出てきた。

「わぁ、木の実に山菜だ！　茸もあるよ」

「おいしそう！」

「よしよし、さっそくお供えしてから皆でいただくとしよう」

「やった～！」

大喜びの子ども達を連れ、住職が中へ戻っていくのを見送り、葵は帰途につく。

――よかった……皆元気そうだ。

一日だけでも顔が見られてよかったという思いと、もう二度と会えないのだという思いがせめぎ合い、よけい切なくなる。

涙が滲んできそうになるのをぐっと堪え、葵は夜陰に乗じ、再び森へと帰っていったのだった。

「……まったく、お人好しなことよ」

念じた場所を自在に映し出す、妖術の水鏡で葵を観察しながら、朧夜は苦笑する。

と、その時。

「朧夜様、朧夜様！　例の生け贄の人間が、まだ滝の近くに住み着いてますよ！」

ドタバタと足音を響かせながら、朧夜の従者である風吹がやってくる。

ここは、還らずの森の奥深くにある朧夜の屋敷だ。

特殊な結界が張ってあるので、朧夜が招いた者以外見つけることはできない。

妖力で建てたこの屋敷は、そこいらの京の殿上人《てんじょうびと》のものより数段豪華で立派なものだ。

寝殿造《しんでんづくり》を参考にはしているが、朧夜の好みでより独創的に仕上げている。

「ふん、思ったより剛胆な小童よ」

風吹から報告されなくても、よく知っている。

なぜなら葵の様子は、さきほどのように水鏡で度々観察しているからだ。

「勝手にさせておくなんて、朧夜様は人間に優し過ぎますよ！」

風吹は、元々は人間に飼われていた犬の妖怪だ。

本来は大型犬の姿なのだが、朧夜の身の回りの世話をするのに都合がいいので、二十歳くらいの青年の姿に変化している。

生前は飼い主に忠誠を尽くしていたが、餌をやるのが惜しいとこの森に捨てられ、狼《おおかみ》に噛み殺されてあやかしになった経緯がある。

そのせいで人間への深い恨みを抱いているため、生け贄を見逃す朧夜が理解できない様子だ。

「誰にも内緒で生け贄を逃がしているなんて、焔《ほむら》様にでも知られたらあることないこと吹聴されちゃいますよ。あんな小童、食っちまいましょうよ！　なんならわしが……」

「ならぬ。手を出すな」

「え～、なんでですかぁ？」

そう問われても、朧夜自身にもうまく説明できない。

ただなんとはなしに、葵の存在が気になるのだ。

「……なに、ほんの暇潰しよ。彼奴は眺めていると、面白い」

それ以上追及されたくなくて、朧夜は水浴びに行くと言い置き、屋敷を後にした。

屋敷にはもちろん湯殿の用意はあるが、わざわざ滝に行くのは葵の様子が見たいからではない。

滝の水で身を清めたいからだと自分に言い訳しながら、瞬間移動で滝近くに降り立つ。

すると遠くから水音が聞こえてきたので、朧夜は周囲の様子を窺いながら音のする方角へ向かった。

滝で、全裸の葵が水浴びをしているのに気づき、一瞬動きを止める。

まだ幼さが残る肢体は初々しく、狩りで森を走り回っているせいか、肌は健康的に日に焼けている。

その生命力に溢れた美しさに一瞬見とれてしまったが、はっと我に返った。

――あのような小童相手に、あり得ぬ……！

動揺を押し隠し、故意に足音荒く歩み寄ると、朧夜に気づいた葵がぱっと表情を輝かせた。

「久しぶり！　あ〜、久々に喋った〜」

「……」

どうやら葵は、誰とも会わず話もできない境遇が苦痛でしかたなかったらしい。

本来敵であるはずの自分を見て、この反応とは、と朧夜は内心あきれる。

そして、あまりに葵が自然体で自分を恐れないのが癪《しゃく》に障《さわ》り、少々意地の悪いことを言ってやりたくなった。

「貴重な食料を分け与えてやるなど、お人好しが過ぎる。そなたを犠牲にして助かろうとした、村の者たちに情けをかけるか。奇特なことだ」

腕組みしながらそう皮肉ってやると、葵が目を丸くする。

「……なんで、知ってるんだ？」

「この森は我の領域だ。我の知らぬことなどなにもないわ」

そっか、と呟き、葵は滝から上がり、下帯を身につける。

朧夜はほとんど無意識のうちに彼の裸体から視線を逸らし、背を向けた。

「……俺、家族が流行り病で死んじゃってさ。そんな俺を引き取ってくれたのが寺の住職なんだ。俺と同じ境遇の子どもたちが、まだ四人いる。どうしても……皆のことが気になって」

「ふん、人の情とやらか」

これだから、人間はいやなのだ。

情などという不確かなものに振り回され、馬鹿馬鹿しいことこの上ない。

「……それはそうと、ここは我が身を清める滝だ。人間風情が勝手に使うなど言語道断であろう」

さらに難癖をつけてやるが、葵は平然としたものだ。

「森や滝が誰か一人の物だなんて、聞いたことない。こんなに綺麗な水場を独り占めなんて、了見が狭いんじゃないの？」

「……つけあがるなよ、小童が。我がその気になれば、そなたの細首など一捻りだ」

少々脅かしてやるかと、普段は隠している鋭い牙と爪を見せつけてやったが、葵が怯む様子はない。

「それはそうだろうけど、でもしないんだろ？　村の生け贄を逃がしてきたあんたなら」

と、葵はまたにっこりする。

「……勝手にしろ！」

「あ、待ってよ」

憤然と立ち去ろうとすると、急いで着物を羽織った葵が洞窟へと駆け込んでいく。

そして、捌いて保存しておいたらしい雉を一羽ぶら下げて戻ってきた。

「はいこれ、見逃してくれたお礼。肉、食べるだろ？」

「……」

「受け取ってよ。ほんの気持ちだからさ」

胸許に押しつけられ、不承不承雉を受け取る。

なんだか、この子どもと話しているといつも調子を乱される気がした。

「あれ、朧夜様、水浴びじゃなくて狩りに行かれたんですか？」

雉を提げ、憮然《ぶぜん》として屋敷へ戻ると、風吹に不思議そうに問われ、朧夜はますます不機嫌になったのだった。

なぜだかわからないが、葵を見るとイライラモヤモヤする。

苛立ちと焦り、不安や恐怖など、今まで感じたことがないさまざまな感情がせめぎ合い、ないまぜになって襲ってくる。

そんな自分が煩わしく、朧夜はこのところ不機嫌だった。

当然酒量も増え、下働きのあやかしにあらたな酒を持ってこさせるが、味がいつもと違う気がする。

「これはどこの酒だ？」

「は、はい、伏見《ふしみ》の極上の酒でございます」

なにげなく質問しただけなのに、声をかけられたあやかしは、なにか不手際があったのかと明らかに怯えている。

「……そうか、下がれ」

「は、はい」

ほっとしたようにそそくさと退室する背中を見送り、朧夜は膳の上に盃《さかずき》を放り出す。

あやかしは皆、朧夜の背後に父を見て彼を恐れるのだ。

京の都で、その名を轟かせるあやかしの王、朧夜。

そんな噂がまことしやかに広まっているが、人の口に語られるうちに些《いささ》か虚偽が交じっている。

あやかしの王と恐れられたのは、本当は朧夜の父・十六夜《いざよい》だ。

朧夜は半妖で、大妖怪だった父が人間の母を見初め、気まぐれに人里から攫《さら》い、手込めにして産ませた子だった。

朧夜は、母の顔を知らない。

母はあやかしの子を産んだことを悔い、朧夜を産んですぐ自害してしまったと聞いた。

それでも、父の血を引いている、ただ一人の跡継ぎということで朧夜は乳母たちによって大切に育てられた。

父にはあやかしの妾《めかけ》が何人もいたが、彼女らとの間には不思議と子ができなかったのだ。

半妖でありながら、なんの因果か朧夜は絶大な妖力を持ってこの世に生を受けた。

それでも、あやかしの中には人間を毛嫌いする者も多いので、「なぜ十六夜様の跡継ぎが、よりによって人間の子なのだ」と陰口を叩かれた。

だが。

「朧夜も立派に儂《わし》の跡継ぎになった。この森は朧夜に任せよう」

朧夜が成人すると、父はある日突然そう言い残して唐突に姿を消した。

風の噂では、日本中を気儘《きまま》に移動し、放蕩《ほうとう》の限りを尽くしているらしい。

父にとっては常に己の快楽と欲望が最優先で、還らずの森のあやかしや、唯一の実子である朧夜のこともどうでもいいのだろう。

父の自由奔放さをよく知っている朧夜は、やむなく彼の跡を継ぐ形で、彼の代わりに還らずの森で暮らすあやかしたちを守ってきた。

あやかしを恐れて人間たちはほとんど森に近づかないので、ここ数十年は平和なものだった。

人間の血を引いているため、あやかしの世界で爪弾きにされ続けてきた朧夜だが、戦いを挑んでくる者は妖力でねじ伏せ、十六夜の後継者であることを周囲に認めさせるまでになった。

朧夜の妖力は絶大で、普段は力を制御するためにわざわざ愛刀・鳳凰丸を使っている。

素手だと力加減が難しいからだ。

いわば鳳凰丸は、朧夜の妖力の調整弁のようなものだった。

本心を言えば、無益な争いはしたくない。

朧夜が力を誇示するのは、そうした方が戦いを挑んでくる者が減るからだ。

だが、中にはどうにも朧夜が気に入らず、絡んでくる者もいる。

その時、朧夜は自分以外の強大な妖力の発動を感じ取った。

反射的に水鏡で葵の行方を探ると、葵はいつものように滝近くで狩りをしている。

その背後に接近する存在を見つけ、朧夜は瞬間移動した。


「な、なんだよ、あんた」

音もなく現れた影に、突然突き飛ばされた葵は、草の上に倒れ込む。

そんな彼を睥睨するのは、炎を操るあやかし、焔だ。

朧夜と同世代の二十代後半くらいに見える、燃えるような赤い髪が特徴で、なかなかの美丈夫だが、三白眼に攻撃的な性格が滲み出ている。

「最近、この辺りをうろついている人間というのは、おまえか。ここはあやかしの縄張り。知っていて足を踏み入れたなら、食われても文句はあるまいなぁ」

焔が葵の襟首を摑み上げようとした、その時。

瞬時に現れた朧夜が、二人の間に割って入り、それを阻止した。

「これは我に捧げられし贄だ。手を出すな」

思わず、そう口走ると、焔が口許を大きく歪ませる。

「なんと、これは面妖な！　朧夜様に捧げられた贄が、なぜこのようなところで自由にしておるのですかな？　本当にこの小童が贄だとおっしゃるなら、とうの昔に食われておりましょうに」

彼は朧夜にとっては年の離れた叔父、つまり父の弟という存在だった。

あやかしの間で力関係は絶対なので、焔は叔父でありながら立場上朧夜には逆らえない。

だが、半妖でありながら年長の焔を差し置き、朧夜が王になったのを快く思っていないことは一目《いちもく》瞭然《りょうぜん》だった。

焔は、以前から権力の座に異様に執着している。

朧夜の目から見ても、焔と自分の妖力はほぼ互角と言っていい。

本気でやり合えば、どちらも無事では済まないだろう。

だが、父は次の後継者として朧夜を指名した。

父が去る際、次の王に弟の自分を指名してくれると思っていたのでアテが外れた焔は、それ以来こうしてなにかと朧夜に突っかかってくるのだ。

ここで彼に弱みを見せたら、負けだ。

「……保存食というやつよ。太らせて食った方がよりうまさが増すであろう？」

そう嘯くと、焔が皮肉な笑みを浮かべた。

「……なるほど。いや、これは失礼致しました。朧夜様はご母堂が人間なので、てっきり贄に情けをかけられているのではないかと誤解してしまいましたぞ」

焔が自分を挑発しているのはわかっていたが、朧夜は取り合わなかった。

「わかったら、去ね」

「……は」

聞こえよがしに舌打ちし、焔は不承不承立ち去った。

彼らのやりとりを、地面に尻餅をついたまま茫然と眺めていた葵に、朧夜は手を貸して立たせてやる。

「あ、ありがと……助かったよ」

あやかしに剝き出しの敵意を向けられ、さすがに恐ろしかったのか葵の身体がまだ小刻みに震えているのに気づき、朧夜はそっぽを向いた。

「我は人間など食わぬが、我に捧げられた贄のそなたがほかのあやかしに食われれば、我の面子が潰れる。それは迷惑だ」

「……そうだよね、ごめん。あんたに迷惑はかけたくないんだけど」

と、葵が力なく肩を落とす。

だが、彼にはどこへも行き場所がないのだ。

このまま放っておけば、またいつ焔がちょっかいを出してくるかわからない。

さんざん迷ったが、結局朧夜には彼を見捨てることができなかった。

「……やむを得ん、我が所有物として屋敷で下働きとして使ってやる。せいぜい身を粉にして働くがよい」

「え……？」

「さっさと仕度をしろ。置いていくぞ」

照れ隠しに、朧夜は故意につっけんどんにそう急かす。

そんな朧夜の気遣いを察したのか、葵は笑顔になった。

「自分の食い扶持くらいは働いて返す。ありがとな、朧夜」

こうして、葵は朧夜の屋敷で働くことになったのだ。


「なぁ、朧夜。この壺に花飾ってもいい？」

薪割りの仕事を終えた葵が、愛らしい花を両手に抱えて戻ってくる。

「こら、葵！　朧夜様だと何度言ったらわかるんじゃ、この無礼者め！」

お目付役の風吹に叱られても、葵はまったく気にしない。

「俺、朧夜の家来じゃなくて保存食だもん。様なんかつけない」

「なにを～⁉　この生意気な人間、食ってよろしいですか？　朧夜様！」

いきり立つ風吹を、朧夜は苦笑しつつ宥《なだ》める。

「まぁよい、確かにその通りだからな」

「そんな～、朧夜様は葵を甘やかし過ぎですっ」

と、風吹は不満げだ。

その間にさっさと水を汲んできた葵は、壺に花を生けて朧夜からよく見える場所に飾った。

こうして、葵は綺麗な花を見つけたと言っては朧夜の居室に飾りに来る。

彼なりに、屋敷に置いてくれた朧夜への感謝の気持ちなのかもしれない。

だが、葵は決してほかのあやかしと同じように朧夜を崇拝したり恐れたりせず、あくまで対等に接してくる。

他者から半妖として疎まれるか、王の子として畏れられるかの人生を送ってきた朧夜にとって、それはひどく新鮮だった。

だが、少々からかいたくなり、朧夜は口を開く。

「贄を食うのは、ようく太らせてからだ。こんなに細っこい身では、うまくもなんともないゆえな。たっぷりと肉がついたあかつきには、こう一本一本骨をしゃぶって食ろうてやろう」

骨を舐《ねぶ》る真似をして見せて葵へ流し目を送ると、さしもの気の強い葵も少々たじろいだようだ。

「ふ、ふん、そしたら毎日三人前くらい大飯食らってやるからな！」

「いいぞ、思う存分栄養をつけて早く食べ頃になるがよい」

葵をからかうのは、今までにないいい暇潰しになって楽しくてたまらない。

「そういえばさ、朧夜って酒はよく飲んでるけど、ちゃんと飯食ってるとこ見たことないな。酒で栄養補給してるの？　身体によくないよ？」

前々から不思議だったと葵に言われ、朧夜はわずかにとまどう。

葵が自分の身体を案じて、食事をしないことを気にかけてくれていたのが嬉しいような、気恥ずかしいような今まで味わった経験のない感情に襲われたのだ。

だが、それを気取られるのは癪で、朧夜は故意に興味なさげに答える。

「妖力で補給できる者も多いし、我らはさして食に興味もない。栄養補給で効率がいいか、気が向いた時に食べるくらいだ。人間のように毎日必須というわけでもなし、ようは嗜好品《しこうひん》だな」

「そうなんだ。大勢で飯を食うと、すごくうまいのに」

その、なにげない葵の一言が、なぜか朧夜の心に残った。

言われてみれば、たまにほかの下働きのあやかしたちと一緒に食事を摂ることもあるが、一日に必ず二食摂らなければ身が保たない人間の葵は、大抵一人で台所の片隅で掻き込むように食べてすぐ仕事に戻っている。

それに気づいた朧夜は、ほんの気まぐれにその日の夕餉を葵と一緒に摂ってみることにした。

「わ、すごいご馳走……！」

用意させた膳に並んだ料理に、葵が目を輝かせている。

「え、これ白いまんま⁉　嘘だろ！」

貧しい村では稗《ひえ》や粟《あわ》、それに麦などを交ぜた雑穀飯が主食なので、白米だけのものなど祭りの時くらいしかお目にかかったことがないと、葵は大興奮だ。

こんなに喜ばれると、ご馳走し甲斐があるというものだ。

「これはそなたが獲ってきた雉だ。そなたにも食する権利があろうと思ってな」

「いいの……？　いただきます！」

両手を合わせて一礼し、息もつかず頰張り始めた葵を眺めながら、朧夜は手酌で酒を飲み、用意させた肴《さかな》をつつく。

すると、それに気づいた葵が苦笑した。

「あんた、趣味悪いね。保存食を太らせるところを眺めながら、つまみに飲むなんてさ」

どうやら葵は、先日の冗談を本気にしているようで、思わず吹き出しそうになる。

本当にただの思いつきだったのだが、確かに葵の言う通り、二人で食べた夕餉はいつもよりおいしいような気がした。

「……たまに、これからも我の酒の肴として付き合え」

「こんなご馳走食わせてもらえるなら、大歓迎だよ」

白飯を掻き込み、咀嚼《そしやく》しながら葵はにっこりした。


こうして、朧夜は時折気が向くと葵と夕餉の膳を囲むようになった。

葵の食べっぷりを眺めていると、不思議と食欲が湧いてくるような気がするのが不思議だ。

朧夜は人間嫌いではあるが、人間の文化には一定の評価を下していて、ことに書物を読むのが好きだった。

彼の書斎には、古今東西を問わず集めた人間の書物がずらりと並んでいて、葵はそれを見て羨ましそうに言った。

「朧夜は、いつでも本が読めるんだ。いいなぁ」

聞けば、幼い頃は貧しい猟師の家に育ったので文字も読めなかったのだが、寺に引き取られてからは住職に読み書きや算術を教えてもらい、多少本も読めるようになったのだという。

キラキラとした憧れの眼差しで書物を眺める葵に、朧夜はまだ幼かった頃の自分を重ねた。

あやかしに人間の文化など不要と罵《ののし》られ、同年代の仲間から虐《いじ》められて書物を取り上げられたこともあった。

それでも、父だけは朧夜の好きにさせるよう周囲に言いつけ、たくさんの書物を集めさせてくれた。自ら出向き、貴重な古書をどこからか手に入れてくることもあった。

自分の後継者には博識でいてほしいと思った打算ゆえの行為だとしても、それが父から向けられた唯一の愛情だったような気がする。

そんな父だが、朧夜が成人すると気まぐれに姿を消し、それ以来会っていない。

あやかしに人間の情のようなものを期待するだけ無駄だと知っている朧夜は、もはや父になんの期待も抱いていなかった。

「読みたいのなら、好きにするがよい」

「え……いいの？」

「我以外に、人間の文字が読み書きできる者が欲しいと思っていたところだ。手紙の代筆など頼むやもしれぬ。わからぬ文字があれば教えてやる。風吹には、そなたが学ぶ時間を与えるように言っておこう」

「……ありがと！　俺、頑張るね」

勉強できるのがよほど嬉しいのか、葵が満面の笑顔でお礼を言う。

その笑顔を見ていると、朧夜はなんとも表現し難い感情に襲われるのだ。

こう、胸許がぎゅっと摑まれるような、でもほのかに温かいような、今まで味わったことがない高揚した気分になる。

――なに、ほんの暇潰しの気まぐれよ。役に立たねば追い出せばよいだけのことだ。

そう自身に言い訳しながら、朧夜はこの少年を身近に置くことに決めたのだ。

そうして瞬く間に時は過ぎ、五年ほどが経った。

この屋敷に来て以来、成長期だった葵は豊かな食生活のおかげかすくすくと身長も伸び、健康的な青年へと成長していた。

当初から伸ばし続けてきた豊かな髪は、頭上で結んでも背中の中程まで届くくらいになった。

もう屋敷の仕事はすべて憶えたし、朧夜に読み書きを教えてもらい、手紙の代筆なども今では彼の仕事となっている。

薪割りや風呂焚《ふろた》き、料理などの下働きからなんでもこなし、くるくるとよく働くので、口うるさい風吹ですら葵には一目置いているほどだ。

最近では、朧夜が今まで誰にも触らせなかった愛刀の鳳凰丸の手入れも葵に任せるようになったということで、屋敷内での葵の地位は確実なものとなった。

いつのまにか、あやかしの中でたった一人の人間だというのに、葵はここに居場所を見つけていたのだ。

とはいえ、それは朧夜の屋敷内のことで、外へ出ればほかのあやかしたちには遠回しに避けられる。どうやら葵が朧夜の『保存食』だという噂は広まっているらしく、皆朧夜の所有物には関わるまいとしているようだった。

――そういえば朧夜は、いつ俺のこと食うんだろう?

もう五年も経っているのに、と葵は不思議に思う。

彼に拾われた当時より、大分食べ頃になったと思うのだが。

まぁ、あやかしは人間よりも遥かに長生きらしいので、彼らの五年は体感が違うのかもしれない。

唯一、なにかとちょっかいを出してくるのは焔だけだ。

「やれやれ、あやかしの王が人間を飼い始めるとはな。半妖の身を嘆いておられたのに、やはり人間びいきが顔を覗かせるとみえる」

その日も森で山菜採りをしていると、いつのまにか背後に現れ、わざわざ皮肉を言いに来るので、葵も慣れっこになっていた。

「それ、朧夜にも言って『そんな減らず口は、我を超えてから叩くのだな』って言われてたよね」

「……」

天敵の朧夜の名を出され、焔が沈黙する。

摘み取った芹《せり》を竹籠に入れながら、葵は続けた。

「あんたは朧夜に、自分の価値を認めてもらいたいんだろ？　そんなの、いやがらせしたって伝わらないよ？」

「な……っ」

実に痛いところを衝かれたのか、焔が顔色を変えた。

「この……っ、たかが人間風情が生意気な……！　今この場で食ってやろうか！」

「気に障ったらごめん、よけいなこと言った。でも、なんだか見てられなくて」

葵の目から見ても、焔があれこれ朧夜を挑発するのは、親の気を引きたい子どものように映るのだ。

朧夜はそんな焔のことを、歯牙にもかけない様子だったが、一応群れの中で自分に次ぐ実力者だと認めているように感じる。

だが、当の焔自身はそれに気づいておらず、ただひたすらに朧夜への対抗心を募らせているようだった。

「とにかくさ、一度ちゃんと朧夜と話してみなよ。そうだ、今から一緒に屋敷に来る？　今日は山菜がたくさん採れたから、酢漬けにするよ。朧夜の好物なんだ」

すごくおいしいよ、と笑いかけると、焔はなぜかひどく動揺した様子で葵に背を向けた。

「ふ、ふん……！　朧夜様の庇護下にあるからといって、調子に乗るでないぞ、人間！」

「俺の名前は葵だよ。知ってるだろ？」

そう訂正したが、焔が憤然と姿を消してしまったので、葵はそのまま山菜摘みを続行する。

山菜を摘み終え、屋敷へ戻ると、ちょうど正門から数人のあやかしたちが、ぞろぞろと出ていくところだった。

朧夜にその力を認められ、よくここに出入りしていて、葵も顔を知っているあやかしたちだ。

「まったく朧夜様にも困ったものだ」

「いったい、どのようなお相手なら満足なさるというのか」

皆、苦虫を噛み潰したような表情で立ち去っていく。

それを見送り、厨《くりや》に向かうと、ちょうど風吹が出迎えに来た。

「戻ったか、どれどれ。おお、これはよい山菜じゃ。きっと朧夜様もお喜びになるであろう」

「今、お客さん来てたよね？　なにかあった？」

「いや、また朧夜様に縁談が持ち込まれたのじゃが……」

と、普段は元気がよ過ぎるほどうるさい風吹が、珍しく声を落とす。

「縁談……？」

その言葉が、なぜだかぐさりと胸に突き刺さる。

「なにを驚いておる。朧夜様は、あやかしの王。一日も早く一族の中から伴侶を娶り、跡継ぎを作らねばならぬ身であろうが。じゃがな……朧夜様はなかなかその気になってくださらんのだ」

と、風吹がため息をつく。

「え……どうして？」

「さぁな。もうだいぶ前から縁談は引きも切らぬのじゃが、ご本人が乗り気でなくて一向に話が進まぬ。いったい、なにを考えておられるのやら……」

と、風吹は首を振り振り行ってしまう。

一人取り残された葵は、彼の縁談に動揺している自分が信じられなかった。

――なんで俺、こんなに気になってるんだ？　風吹の言う通り、朧夜がいつか結婚するなんて当然のことなのに。

自分でもこの感情がなんなのかよくわからず、平静を取り戻すために山菜の下拵えに没頭することにした。


「葵、身を清めに行くぞ。供をせよ」

「わかった」

朧夜にそう命じられ、葵は慣れた手つきで彼の着替えなどを用意する。

むろん屋敷に湯殿はあるが、朧夜は妖力を高めるために定期的にあの滝へ出向き、身を清める習慣があるのだ。

その供は、最近ではすっかり葵の役目になっていた。

滝に到着すると、いつものように鳳凰丸を受け取り、朧夜が着物を脱ぐ手伝いをする。

全裸になった朧夜の、鍛え上げられた筋肉質な美しい肢体に、つい一瞬見とれてしまう。

すると視線を感じたのか、朧夜が振り返った。

「どうした？　最近大人しいな」

「べ、べつに……気のせいだろ」

なんだか朧夜の裸身を正視できなくて、葵は背中を向ける。

ドキドキと高鳴る鼓動が、胸に抱いた鳳凰丸にまで伝わってしまいそうだ。

朧夜が滝に入ると、葵も丁寧に畳んだ着物と鳳凰丸を草の上に置き、手拭いを手に自らも下帯一つになり、水に入った。

彼の背を流す間、なんとなく互いの間に緊迫した時間が流れるような気がする。

この微妙な空気感がなんなのか、葵にはよくわからなかった。

滝から上がり、身体を拭いて着替えを済ませ、さて屋敷へ戻ろうとした、その時。

ふいに朧夜が、警戒から臨戦態勢に入る。

「……誰か、来る。人間だ」

「え……？」

村の人間は生け贄を捧げる時以外、この森には近づかないはずなのに、と葵が疑問に思った瞬間、近くの草むらがガサガサと揺れ、続いて二人の子どもがひょこりと顔を覗かせた。

「あ！　葵兄ちゃんだ！」

「葵兄ちゃん～！」

それはなんと、葵がよく見知った人物だった。

「須恵に茜丸⁉　おまえたち、どうしてここに⁉」

驚く葵に、寺に残してきた姉弟はぎゅっと抱きついてくる。

別れた当時、八歳と五歳だった彼らももう十三歳と十歳に成長していて、見違えるようだった。

「おまえたち、大きくなって……」

五年ぶりの再会に、思わず胸が熱くなる。

「やっと会えた！　いっつも山菜や茸を置いていってくれるの、葵兄ちゃんなんでしょ？」

「俺たち、葵兄ちゃんは絶対生きてるって思ってて、会いたくて……今までも何度も森に入って捜してたんだよ？」

悟られていたのか、と葵は己の行いを後悔する。

そのせいで、姉弟は自分を捜すために危険な森に足を踏み入れてしまったのだ。

「二人とも、よく聞いて。この森は人間が入っちゃいけない場所なんだ。さぁ、送るからすぐ村に帰ろう」

地面に膝を突き、二人へ言い聞かせるように話しかけるが、姉弟は即座にふるふると首を横に振る。

「え〜、やだっ！　せっかく会えたのに！」

「どうして戻ってきてくれないの？　前みたいに、皆でお寺で暮らそうよ〜」

メソメソと泣き出され、必死にしがみついてくる姉弟を抱き寄せた葵は途方に暮れる。

すると、遠巻きに腕組みしながらそれを眺めていた朧夜が、初めて口を開く。

「小童ども、それは我の所有物だ。返してやるわけにはいかぬなぁ」

長身で迫力のある朧夜に威圧され、姉弟がますます泣きべそをかく。

「朧夜！　子どもを怖がらせるなよっ」

二人を庇いながら葵が抗議すると、朧夜はふん、と鼻を鳴らす。

「だが、今日の我は機嫌がよい。日が暮れるまでの間なら、特別に葵を貸してやってもよいぞ」

「……え？」

驚く葵に、朧夜がそっと耳打ちしてくる。

「後で二人の記憶は消してやる。それまで相手をしてやるがよい」

「朧夜……」

それだけ告げると、朧夜はふっと消えてしまった。

彼の言うことを、真に受けていいのだろうか……？

戸惑いながらも、なにしろ五年も人間と会っていなかったので、久しぶりに会った弟たちと一緒に過ごしたい気持ちが勝った。

「そうだ、腹減ってないか？　近くに山桃《やまもも》がなってる場所があるんだ」

「わぁ、食べたい！」

二人の機嫌はコロリと直り、はしゃいで葵の腰に左右からしがみついてくる。

「よし、じゃあ行くか！」


そうして、葵は朧夜の好意に甘え、日が傾くまで二人に森を案内してやり、久しぶりに一緒の時間を過ごした。

日が暮れる頃、再び朧夜が現れ、葵たちを一瞬にして村境近くまで送り届けてくれる。

「葵兄ちゃん、一緒に村に帰ろうよ～」

最後までそう言い募る姉弟に、後ろ髪を引かれながら葵は朧夜を見た。

すると、朧夜が姉弟に物忘れの術をかけてくれる。

これで、二人は今日あった出来事を忘れてしまうらしい。

朧夜に軽々と抱き上げられ、木の上からしばらく様子を見守っていると、姉弟は「なぜ自分たちはこんなところにいるんだろう？」と不思議そうな顔をしていたが、やがて仲よく手を繋いで寺へと帰っていった。

共に過ごした時間が楽しければ楽しいほど、別れの時はつらく、葵は涙を堪えて唇を噛む。

「……村へ、帰りたいか？」

葵を抱いたまま、ぼそりと朧夜が問う。

「……もう、村に俺の居場所はないよ」

本心から思ったのでそう答えたのだが、なぜか朧夜は不機嫌そうに押し黙った。

「で？　村に残してきた家族とやらとの再会は、どうだったのだ」

「……どうせ水鏡で、ずっと見てたんだろ」

あてずっぽうに言うと図星だったのか、朧夜は木の上から瞬間移動し、地面に葵を降ろすとバツが悪そうな顔をしてそっぽを向く。

「いいから、帰るぞ」

「……うん、今日はありがと」

素直にお礼を言い、葵は少し迷った末に続ける。

「朧夜」

「なんだ？」

「……あんたがあやかしの王として力を誇示するのは、そうすれば人間との無益な争いを避けることができるからなんだろ？　あんたは、本当は人間のことも大事に思ってる。だから、今まで生け贄を逃がしてきたし、無益な殺生もしないんだろ？　それは、あやかしと人間のどっちの気持ちもわかるあんたにしかできないことだ。どうか、これから先も、人間もあやかしも誰も殺《あや》めないと約束してほしい」

この五年、彼のそばにいてずっと考えてきたことを思い切って告げると、朧夜が立ち止まった。

振り返った彼の表情は、隠しきれない苛立ちが露わだ。

「……保存食の分際で、この我に意見しようというのか？　そなたはなんと生意気なのか」

次の瞬間、葵は目にも止まらぬ早さで草むらの上に押し倒されていた。

「よかろう。望み通りに、生きたまま食ろうてやろう」

「朧夜……っ」

抗えぬほどの強い力で自分にのしかかる朧夜は、今までとは違う雰囲気で少し怖かったが、葵はぎゅっと目を閉じて抵抗はしなかった。

「逃げぬのか？　泣いて命乞《いのちご》いするなら許してやらんでもないぞ？」

「……あんたの好きにすればいい」

いつだって、朧夜がそう望むなら従おうと覚悟を決めていたのだから。

五年前のあの日に、既に食べられる運命だったのだからと、葵は観念する。

「……っ」

引っ込みがつかなくなったのか、朧夜が乱暴に葵の着物を剝《は》ぎ取る。

「……俺を食って気が済むなら、それでいいよ。俺はあんたの贄なんだから」

不思議と、怖くはなかった。

ただ今まで誰にも触れられたことのなかった下肢を大きく開かされると、さすがに羞恥で身を縮めてしまう。

「や……っ」

「そなたは我の贄なのだろう？　ならば逆らうな」

不遜《ふそん》にそう命じながら、組み敷いてきた朧夜は、そのほどよく筋肉がついた美しい裸体に舌を這《は》わせる。

まさかそんなことをされるとは夢にも思っていなかった葵は、激しく動揺した。

性に疎いまま人里を離れた葵は、その行為がなんなのかよくわかっていなかった。

「そんな……っ、なにして……っ」

「動くな。ほんの味見よ」

「ぁ……っ」

なんだか、想像していたのとずいぶん違う。

即座に肉を食いちぎられ、壮絶な痛みが襲いくるのをを覚悟していた葵は、丁寧に全身を愛撫《あいぶ》され、逆にとろけるような快感を与えられていることにとまどう。

「は……ん……っ」

慣れぬ身体はわずかな刺激にも反応してしまい、葵ははぁはぁと薄い胸を喘《あえ》がせた。

「あやかしの食べるって、こういう風にするの……？」

「すぐには食わぬ。長く嬲《なぶ》って楽しませてもらおう」

そう囁き、朧夜はじっくりと時間をかけて葵の初花を散らしたのだ。


ようやく葵を己のものにできたというのに、朧夜の心は晴れなかった。

あんな風に、半ば強引に抱くつもりはなかった。

ただ、葵が人間の世界に戻りたがっているのだと思った途端、感情の制御ができなくなってしまったのだ。

葵を、村へ帰したくない。

その思いが暴走し、自分のものにしてしまおうと、焦りに繋がったのかもしれない。

だが本心では、ずっとこうしたかった。

いくら周囲から圧をかけられ、釣り合いの取れた縁談を勧められても首を縦に振らなかったのは、人間の血を引いていることで自分の子に同じようなつらい思いをさせたくなかったからだ。

だから結婚も、子を持つつもりもなかった。

そんな自分が、よりによって人間に恋をしてしまうなんて。

父と同じ轍《てつ》だけは踏むまいと、必死に堪えてきたが、いったん箍《たが》が外れてしまえばもう止められない。

それからは、今まで我慢していた分だけ堰《せき》を切ったように、朧夜は葵を求めた。

毎晩のように、夜になると葵を部屋に呼び、朝まで離さない。

反応を見ている限り、葵もいやがっているようには見えない。

当然だ。

持てる限りの技巧を尽くし、彼につらい思いは極力させず、快楽だけを与えるよう細心の注意を払っている。

いや、それはただの自分の願望なのかもしれないと考え直す。

なにかしてやりたくて、新しい着物を仕立ててやろうと持ちかけても、動きやすい方がいいから、と質素なものばかり着ている葵には、まるで欲がない。

朧夜の寵愛《ちようあい》を受ける身になったのだから、栄耀栄華《えいようえいが》を極めることもできたはずなのに、身体の関係を持つ前と後で、葵の態度は驚くほどなにも変わらなかった。

今までと同じようにくるくるとよく働き、豪快に飯を食い、書物を読む。

そんな彼の対応にほっとすると同時に、一抹《いちまつ》の落胆すら感じた。

葵は、己が贄となることで村を救うつもりでいる。

『すぐには食べずに弄んでいる』自分のことなど、好いてくれるはずがない。

そう気づくと、気分がどん底まで落ち込んだ。

今までこれほどまでに欲しいと切望した相手に巡り会ったことがなかった朧夜は、ひどく恋に不器用だった。

やがて朧夜が葵に伽《とぎ》の相手をさせていることは、屋敷の下働きのあやかしたちにも知られるところとなり、大騒ぎになった。

「あれほど申し分のないお相手との縁談を断っておきながら、あろうことか人間の葵となどと、いったいなにを考えておられるのですか、朧夜様！」

「そうキィキィと喚くな。頭に響く」

自己嫌悪からつい深酒をしてしまい、風吹のお小言を聞かされながら、二日酔いの朧夜は片手で耳を押さえた。

「……我の気まぐれでしていることだ。葵に罪はない。つらく当たるでないと、ほかの者たちにも言って聞かせよ」

さりげなく葵を庇うと、風吹がため息をつく。

「ご心配には及びませんよ。葵は皆に慕われておりますからな。中には、下手なお相手より葵の方が朧夜様には向いているのでは、などと言い出す者までおる始末です」

「そうか」

たった五年で、葵は自らの力でこの地に居場所を築いており、朧夜は嬉しかった。

「……ですが、お父上のこともあります。あまりのめり込んではなりませぬぞ、朧夜様。我らと人間との間には、寿命の違いがあるのですから」

風吹が自分を思って忠告してくれているのがわかっているので、反論はしなかった。

風吹の言う通り、あやかしと人間では生まれ持った寿命が違い過ぎる。

それぞれの持つ妖力の差にもよるが、あやかしは数百年以上生きる不老長寿の者が多い。朧夜の父も既に数百歳を越えているらしいが、実際の父の年も知らないくらいだ。

——だが、一つだけ方法はある。

種族が違っても、朧夜の妖力を持ってすれば相手が男でも女でも、子を産ませることはできる。

そして、その相手が永遠の伴侶になるのを望むなら、生涯ただ一度だけ、子授けの儀式を経て自分の子を産ませれば、相手にも同じだけの寿命を与えることができるのだ。

長い人生を、共に生きるために。

だが、父と母のことが朧夜に決断をためらわせる。

母を攫い、子を産ませながら、父は彼女に子授けの儀式を行わなかった。

母は最期まで父を拒絶し、自ら命を絶ったので、自分を受け入れぬ相手を永遠の伴侶には選べなかったのかもしれない。

——我の永遠の伴侶になぞ、葵は望まぬだろうか……。

もし求愛し、父のように拒まれたら。

そう考えるだけで恐ろしく、とても勇気が出ないのだ。

葵のこととなると、どうしてこうも見苦しくなってしまうのかと自己嫌悪に陥りながら、朧夜はいまだ結論が出せないまま、それでも彼を求めることをやめられずに、ずるずると関係を続けていた。

だが、そんなささやかなしあわせは長くは続かなかったのだ。

「あ……っ」

「葵⁉」

いつも通り、同衾《どうきん》したまま迎えた朝に朧夜の仕度を手伝い、畳んだ着物を手に立ち上がりかけた葵が、ふいによろけて倒れかける。

いち早くそれに気づいた朧夜は、咄嗟に片手を伸ばして抱き留めた。

「どうしたのだ⁉」

「な……んでもない、ちょっと畳のへりに躓《つまず》いちゃっただけ」

ありがと、とお礼を言い、葵は誤魔化すように照れ笑いをした。

「さ、急がなきゃ。朧夜も、今日は出かけるんだろ？」

「あ、ああ……」

そそくさと朧夜の居室を出ていくその後ろ姿は、いつもとなにも変わりないように見える。

だが、朧夜は胸の内に、なんとも表現し難い不安が広がっていくのを感じていた。

と、その時。

『久方ぶりだな、朧夜』

一人残された室内に、聞き覚えのある声が響き渡る。

驚いて振り返ると、御簾《みす》の前にゆらりと人影が出現した。

「父上……⁉」

そこに立っていたのは、紛れもない父、十六夜の姿だ。

驚いて立ち上がるが、朧夜はそれが実体ではなく父親の幻術だと気づく。

どこか遠くにいる父が、影だけを送ってきているのだ。

朧夜が幼い頃から容姿が変わらず若々しい父は、今では朧夜と同世代に見えた。

『聞いたぞ。人間の子をそばに置いておるそうだな。そなたも、儂と同じ道を辿るか』

開口一番そう揶揄《やゆ》され、かっと頭に血が上る。

「……一人で勝手に出ていって、この森を捨てた父上にだけは言われたくない……！　我のことは放っておいてください」

『そうもいかぬ。その葵とやら、生気を失っておるであろう？　そう長くは持たぬぞ』

「え……⁉」

思いもよらぬことを言われ、朧夜は言葉を失った。

「そ、それはどういう意味です⁉」

『ここは人間にとっての異界だ。普通の人間が、我らあやかしと共にこちらの世界に長く暮らしておると、望むと望まざるとに関わらず生気を吸い取られてしまうのよ。ことにあの人間の子は、そなたと肌を合わせておる。それが彼の者の命を削り取っておるのだ』

初めて聞かされる真実に、朧夜は愕然とした。

言われてみれば、最近の葵には昔のような覇気や快活さが消えている。

自分が毎晩のように彼を求めたせいで、その命を削っていたのだと知り、朧夜は顔面蒼白になった。

「そんな……！　どうにかならぬのですか⁉」

『一つだけ、方法はある。相手の命を救うには、子授けの儀式を経て永遠の伴侶とし、子を産ませて我らと同じ寿命を授けるしかない』

その返事に、朧夜は父を見上げた。

「……父上は、なぜ母上を永遠の伴侶になさらなかったのですか？」

それは、幼い頃からずっと胸に抱き続けてきた疑問だった。

父の方も、ついにそれを問われる時が来たか、といった表情だ。

『そなたの母は……儂の永遠の伴侶となることを拒み、自ら命を絶った。そなたを産ませる前に儀式を行わなかった儂を、信じることができなかったのやもしれぬ。人間を永遠の伴侶としてよいものか、儂の迷いがあれを死に追いやったのだ』

「父上……」

父もまた、今の朧夜と同じように同族の女性との結婚を周囲から望まれ、相当な圧がかかっていたことは推測できた。

よりにもよって人間を永遠の伴侶に選ぶなど、と非難の嵐だっただろう。

それを身をもってよく知る朧夜には、なにも言えなかった。

『そなたには、儂と同じ思いをさせたくはない。よく考えよ』

それだけ言い残し、父の幻影はふっと消えてしまった。


「え……？　今、なんて……？」

いつものように朧夜と同衾していた葵が、しどけない姿で上半身を起こす。

「……だから！　我の子を産めと申したのだ。同じことを二度言わせるなっ」

照れ隠しにか、朧夜は彼に背を向けたまま盃を呷《あお》る。

違う、こんな言い方をする気はなかったはずなのに。

本当は今日こそ『愛してる』と伝え、永遠の伴侶になってほしいと頼むつもりだった。

だが、素直になれない朧夜は、つい心とは裏腹に無慈悲な言い方をしてしまう。

「そなた、このところ体調が悪いのであろう？　隠しても無駄だ」

「え……？」

気づかれていたのか、という様子で葵がうつむく。

「で、でも大したことはないんだ。ちょっとときどき、目眩がするくらいで……」

「それは、そなたが人間なのに、こちらのあやかしの世界に長くおるゆえなのだ。このままでは、そなたの命はない」

「……そうなんだ」

不思議なことに、葵は思っていたほど驚きはしなかった。

自身の体調の変化に、薄々死が差し迫っているのを感じ取っていたのかもしれない。

なのになぜ、自分に頼らないのかと朧夜は苛立つ。

「かといって、人間の世界にはもう戻れぬのであろう？　そなたがここで生き延びるには、我の伴侶として我の子を産むしか方法がないのだ」

と、朧夜は子授けの儀式の説明を葵にしてやった。

「……男の俺でも、子どもを産めるの？」

「我の力を持ってすれば、な」

「でも、朧夜はそれでいいの……？　朧夜にふさわしいお相手からの縁談が、山ほど来てるのに、人間の俺なんかを永遠の伴侶に選ぶなんて……」

「我は元より結婚する気などなかった。そなたが我の子を産めば、うるさい外野共も大人しくなるであろう。よい弾除けになる」

ああ、どうしてこう酷い物言いばかりしてしまうのだろう、と後悔してもあとのまつりだ。

結局朧夜は、努めて尊大に「次の新月の晩、儀式を行う。それでそなたは我の子を身ごもり、子を産んだ後は我と同じだけの寿命を得ることとなる」と宣言した。

「……また、俺のこと助けてくれるんだ。朧夜は優しいね」

「な、なにを世迷い言を……！　ただの気まぐれだっ」

あやかしの寿命は、長い。

父も不老の身で、既に数百年生きていると聞いているので、その血を引く朧夜も同じくらいか、もしかしたらそれ以上生きるかもしれない。

人間の葵が、いきなり何百年も年を取らずに生き長らえると言われたなら、拒否されるかもしれないと不安だった。

だから、うむを言わさぬ口調で押し切った。

だが、それは杞憂《きゆう》だったらしく、葵は驚くほどあっさり頷く。

「わかった。不束者《ふつつかもの》ですが、これからもよろしくお願いします」

朧夜に乱された夜着をきちんと着つけ直し、寝具の上から蚊帳《かや》の外へ出て畳の上に三つ指を突き、頭を下げる。

風吹から礼儀作法をみっちり叩き込まれたせいか、葵はいつのまにかどこへ出しても恥ずかしくない立派な若者に成長していた。

と、その時。

夜半過ぎから鳴っていた春雷が、ひときわ大きな音を立て、近くに落ちる。

「ひゃ……っ！」

畳の上で飛び上がった葵は、咄嗟に蚊帳の中に潜り、朧夜の胸にしがみついた。

平素怖いものなしの葵だったが、唯一雷だけが天敵なのだ。

それを受け止めながら、朧夜が苦笑する。

「そなたは、ほんに雷が苦手だな。蚊帳の中に入れば大丈夫だと言うではないか」

「そ、そんなのわかんないだろっ？　油断してるところを、雷様にヘソを取られたらどうするんだよ⁉」

「ならば、我がいつも守ってやろう」

そう囁き、朧夜は右手のひらを彼の腹の上に置いた。

「ほれ、こうして隠せばそなたのヘソは雷神には見えまい」

「……本当に？　約束だよ？」

平素は甘え下手な葵が、ぎこちないながらも、されるがままに身を任せてくる。

ああ、我が想い人はなんと愛らしいのだろう。

そうだ、儀式を終えたら、今度こそちゃんと想いを伝えよう。

葵が、自分の子を産むことを了承してくれた嬉しさのあまり、朧夜は思わずその華奢《きゃしゃ》な身体を抱きしめる。

「……そなたはずっと、我のそばにいればよい」

その言葉に、なぜか葵は返事をせず、ただじっと夜闇の中、朧夜を見上げるだけだった。


「大変だ、大変だ！　朧夜様が次の新月の晩、子授けの儀式を行うそうな！」

「お相手はなんと、あの人間の子じゃ！」

「なんと！　朧夜様も、十六夜様と同じ道を辿られるというのか⁉」

朧夜の突然の結婚宣言の一報は、瞬く間に森中を駆け巡り、あやかしたちは大騒ぎだった。

それを聞いた焔は、内心穏やかではなかった。

今まで感じたことがない、なんとも表現し難い感情。

それが嫉妬だと知るよしもない彼は、ひどく苛立った。

――これ以上、半妖の朧夜に好き勝手させるなど俺の沽券《こけん》に関わる……っ。

なんとかして、朧夜の鼻をあかしてやりたい。

それにはやはり、朧夜が唯一執着している、あの人間の子を奪い取るしかないという結論に達した。

そのためなら、なんだってしてやる。

自身がなによりも葵を求めていることを自覚できない焔は、朧夜への意趣返しとして儀式に横やりを入れることを心に決めたのだ。


そして、彼らにとって運命の日は、唐突にやってきた。

その日、葵はいつものように森で山菜を摘んでいた。

明日はいよいよ、朧夜との儀式の日だ。

そう考えるだけで緊張してしまい、少し一人になりたくて森へ山菜採りにやってきたのだ。

——俺が朧夜の子を産むなんて……考えもしなかったな。

しかしあやかしの王である朧夜の跡継ぎを、人間の自分が産んで本当にいいのだろうか？

悩みは尽きず、悶々としていたその時。

風に乗り、遠くから微かな悲鳴が聞こえてきた。

「て、敵襲だ……！　村人たちが攻めてきたぞ……！」

「人間共が、森に火をかけやがった……！」

「皆、逃げろ、炎に巻かれるぞ！」

なんの騒ぎかと、葵は咄嗟に声のする方へ急ぐ。

すると森に住むあやかしたちが右往左往していた。

中には屋敷で下働きをしている顔見知りの者もいたので、捕まえて問い質す。

「どうしたの⁉　なにがあった⁉」

「あ、葵様、大変です！　人間共がお屋敷に次々と火矢を打ち込んできて……朧夜様は我らに、逃げるようにと」

「なんだって⁉」

それを聞き、葵は背負っていた山菜入りの籠を放り出して屋敷へと駆け出す。

今日は儀式の日の準備がいろいろあるので、朧夜も屋敷にいるはずだ。

――朧夜……無事でいて……！

肺が焼き切れるかと思うほど、走って、走って。

ようやく見慣れた屋敷の近くまで辿り着くと、辺りには煙が充満し、屋敷にはあちこちから火の手が上がっていた。

「朧夜……！」

正門を潜り、中へ急ごうとした葵の目が、白い紙を捉える。

「これは……」

屋敷へと続く正門の内側の目立たない場所にひそかに貼られていたそれは、呪符だった。

朧夜所有の書物の中で、見たことがある文字と符号は、恐らく結界封じの呪符だ。

――なぜ、こんなものがここに……？

もしかしてこれが貼られているから、今まで朧夜の妖術で人間には見えなかった屋敷が丸見えになっているのだろうか？

すぐ剝がそうとしたが、どうやっても剝がれない。

どうやら術者本人にしか剝がせないようになっているらしいと気づいた葵は、とにかく中へ入って朧夜を捜そうと踵を返した。

と、その時、ふいに背後から強い力で抱き竦められる。

「なっ……誰⁉」

驚いて振り返ると、自分を拘束していたのはなんと焰だった。

「焰……⁉」

「俺と共に、来い！　葵」

と、強引にその状態のまま、引き寄せられる。

「それどころじゃないんだ、村の人たちが、お屋敷に火を……！」

「もう遅い、屋敷は火の海だ。このまま裏の谷を辿って逃げるぞ」

「朧夜は⁉　風吹も、屋敷の皆も置いては行けない……！」

葵が拒むと、焰はまるで独り言のように呟く。

「これでいいんだ……これで……」

「え、なに言ってるの？」

そこまで言いかけ、葵は焰の落ち着きぶりから彼がこの惨事を既に知っていたことを察した。

「……焰、まさかあの結界封じの呪符は……」

「そうだ。俺が奴の屋敷の内側に結界封じの呪符を貼った。そして村人共を焚きつけたのだ！」

焰は、人間に化けて葵の生まれ故郷である村を訪れ、『あやかしの王、朧夜がこの村を襲撃する謀《はかりごと》を巡らしている。先手を打って森を燃やしてしまわねば』と村人たちに幻術をかけて信じ込ませたと打ち明けた。

村人たちが総出で森を焼き討ちにやってきたのはそのせいなのだと知り、葵は顔面蒼白になった。

「な、なんで⁉　あやかしも人間も、今までずっと互いの領域には入らないようにして共存を保ててきたのに！　どうして、そんな酷いことを……」

「朧夜は俺から王の座を奪った！　その上おまえまで……っ」

焔に乱暴に抱きしめられ、葵は言葉を失う。

「おまえだけは……絶対に渡さぬっ！　さぁ、俺と一緒に来るんだ！」

「ちょっと待って、焔……！」

強引に腕を摑まれ、葵が必死に抵抗していると、

「なにをしておるのだ、焔」

瞬間移動で、ふいに現れた朧夜が間に割って入り、焔の胸ぐらを摑み上げた。

「朧夜……！」

「葵から、手を離せ」

「……いやだと言ったら？」

戦闘態勢に入った焔が、いったん後ろに飛びすさって四肢を地面に突くと、一瞬にして全身から紅蓮《ぐれん》の炎が立ち上り、獰猛な獣の姿へと変化する。

鋭い牙を剝いて威嚇《いかく》され、朧夜もやむなく腰に差した鳳凰丸を抜く。

「この騒動、貴様の仕業か。我らの諍《いさか》いに人間を巻き込むなど、恥ずかしいと思わぬのか？」

「はっ！　半妖の貴様らしい言いざまだな。俺は手段など選ばず、欲しいものはすべて奪ってやる

「……！　葵は俺のものだ……！」

一声吠え、飛びかかった焔の爪が、一瞬早く躱《かわ》した朧夜の衣の袖を切り裂く。

激しい攻撃を、朧夜は鳳凰丸で受け止め、反撃する。

「人間気取りで刀なぞ使いおって！　あやかしの王の名が泣くわ！」

「やめろよ、二人とも！」

葵が叫ぶが、どちらも引く気はなく、じりじりと間合いを狭めていく。

「半妖の出る幕ではないわ、尻尾を巻いて去ね、朧夜！　王の座も葵も俺がもらう……!!」

焔がそう叫んだ時、たくさんの松明《たいまつ》の灯りがこちらへ接近してくるのが見えた。

「いたぞ！　あやかしの王、朧夜だ……！」

その中には懐かしい住職の姿もあり、葵は思わず驚きで目を瞠る。

「住職様……!?」

「おお、そなた、葵なのか!?」

五年前に死んだとばかり思っていた葵の成長した姿に、住職も仰天した様子だった。

「無事であったか。よかった、助けに来たぞ。もうなにも心配いらぬ」

と、住職は狩人たちが一斉に構えた弓を指し示す。

「わしが幾日もかけて特別に祈祷《きとう》した、あやかしを滅する破魔《はま》の矢だ。あれならば、あやかしの王をも倒すことができるだろう」

「そんな……！　駄目だ、やめさせて、住職様……！」

必死に止めるが、数人の狩人たちは既に朧夜へ狙いを定め、弓を引き絞っている。

あやかしは人間より格段に回復力が強く、少々の怪我では死ぬことはないが、対あやかしで祈禱された呪具を使われては話は別だ。

死にはしないまでも、瀕死の重傷を負うことになるだろう。

が、当の朧夜は焔の攻撃を躱すのに気を取られ、その気配に気づいていない。

次の瞬間、葵の身体は勝手に動いていた。

全速力で走り、身を挺《てい》して朧夜の前に飛び出す。

「あ、葵、なにを……⁉」

住職が止める間もなく、次々と弓から放たれた矢が、朧夜を全身で庇った葵に突き刺さった。

「ぁ……」

数本の矢にみごとに胸を貫かれ、がっくりとその場に両膝を突いた葵に気づき、朧夜が顔面蒼白で抱き起こす。

「葵……！」

「この矢……触っちゃ駄目……あやかしには毒だから……」

必死にそう伝えると、肺からの出血が口へと溢れ出る。

「もうよい！　話すでない！」

「約束……守れなくて、ごめん……でも、勝手だけど朧夜は俺との約束、守って……くれる……？」

もう目が霞んで、朧夜の顔もよく見えなくなってきたが、葵は最期の力を振り絞り、告げた。

「人間もあやかしも……この先ずっと、誰も傷つけないで……憎しみからは、なにも生まれない。朧夜なら、きっとできるから……」

「葵……!!」

「お願い……朧……夜……」

いつもの笑顔を浮かべ、そして朧夜の腕の中で葵は事切れた。

「おお……なんということじゃ……哀れな……」

葵を救い出すつもりだった住職は、葵の亡骸を前に泣き伏す。

「葵がいったいなにをした⁉　あやかしなどと関わったばかりに……葵が天寿を全うできなかったのは、そなたのせいだ……！」

「じ、住職様、こちらへ……！」

葵を抱いたまま、茫然自失の朧夜を非難する住職を引き戻し、狩人たちが狼狽《ろうばい》している。

住職が幾晩もかけて祈禱した破魔の矢は、数本作成するのが限界で、既に尽きてしまったのだ。

「……っ」

住職の言う通りだ。

自分と関わらなければ、自分を庇いさえしなければ葵は死なずに済んだ。

なにより、愛していると、本当の気持ちを伝えられないまま、むざむざと死なせてしまった。

ただの慰み者だと、子を産ませるのは生き長らえさせるためだと誤解させたまま。

じょじょに体温を失っていくその華奢な身体を、朧夜は渾身の力で掻き抱く。

「うおお……おおおぉぉぉっ……!!」

天をも引き裂かんばかりの咆哮《ほうこう》に、あやかしの森の大地が揺れるほどの衝撃が来る。

「ひ、ひぃぃ……！」

「仕損じた、逃げろ！」

朧夜の怒りの凄まじさに恐れをなした狩人と村人たちは、後ろも見ず、まるで蜘蛛《くも》の子を散らすように我先にと逃げていく。

朧夜の発した強大な妖力は一瞬にして天まで駆け上がり、雷雲を呼び寄せ、空にはたちまち暗雲が立ち込めた。

「あ、葵……そんな……っ」

事の顛末《てんまつ》に顔色を失い、獣から変身を解いて元の姿に戻った焔は愕然と立ち尽くしている。

葵の亡骸をそっと草の上に横たえ、立ち上がった朧夜はきっと焔を睨み据えた。

「許さぬ、焔！　貴様だけは……!!」

電光石火の早さで斬りかかると、獣の変身を解いていた焔はその攻撃を躱しきれずに地面を転がって逃げる。

怒りに支配された朧夜はなりふり構わず、その身体に刀の棟《むね》を振り下ろし、渾身の力で殴打した。

「う……ぐぉ……っ！」

たまらず怯んだところを足で蹴りつけ、容赦ない攻撃を加え、しまいには鳳凰丸を放り出し、己の拳で二度、三度と、繰り返し何度も何度も殴りつける。

ぐったりとなった焔は、ようやく抵抗しなくなる。

両肩で息をつき、かろうじて激情を堪えた朧夜は、再び鳳凰丸を手にし、すらりと構えた。

大きく振りかぶり、一刀の許に焔の首を刎《は》ねようとし、はたと動きを止める。

——人間もあやかしも、この先ずっと誰も傷つけないで。

葵の、最期の言葉が脳裏によみがえり、かろうじて彼の激情を押しとどめた。

「……っ……」

長い葛藤の末、朧夜は身動きもできなくなった焰の襟首を掴んで引きずり、瞬間移動で森へと向かう。

そして、断崖絶壁の上の、人間も近づけないような場所に妖力で一瞬にして頑丈な祠《ほこら》を出現させ、その中へ焰を放り込んだ。

呪文を唱え、入り口に幾重もの結界を張り巡らし、完全に封印する。

「殺しはせぬ。葵に感謝するのだな。そこで永劫《えいごう》の時を後悔の念と共に生きるがよい」

「くそっ、くそっ！　許さぬぞ、朧夜！　覚悟しておけ！　いつか必ずここを出て、八つ裂きにしてくれるわ……！」

祠の奥から響いてくる焰の呪詛《じゅそ》を無視し、朧夜は瞬時に屋敷へ戻った。

屋敷からは黒煙が立ち昇り、紅蓮の炎が燃え上がっている。

村人たちは既に全員逃げ帰った後で、朧夜に仕えていたあやかしたちが、焼け崩れていく屋敷を茫然と見つめていた。

その中には、一番葵と仲がよかった風吹の姿もあり、彼は葵の亡骸を守るように地面に座り込んでいて、朧夜に気づくとその大きな瞳からポロポロと涙を零した。

「朧夜様、葵が……葵が……っ」

「……風吹」

「わしは、人間なんか大嫌いだったのに、葵だけは別だった……っ。こいつのこと、実の弟者みたいに思って……」

そこまで言って、泣き崩れた風吹の前から葵の亡骸を抱き上げると、朧夜はその胸に突き刺さったままだった破魔の矢を素手でぐっと掴んだ。

「ろ、朧夜様！　そんなことしたら御手が……！」

あやかしには毒になるその弓矢に触れると焼けるように熱く、強烈な痛みが走ったが、構わずすべてを抜き捨てる。

「こんなものが刺さったままでは、葵がつらいからな」

「朧夜様……っ」

朧夜は、醜く焼け爛《ただ》れた両手のひらを見つめる。

これは最愛の者を救えなかった、己の罪の刻印だと思った。

「風吹、皆を連れて、早く逃げよ。もう我に仕える必要はない。どこへなりと、好きなところへ行って暮らすがよい。今までご苦労であった」

「お待ちください、朧夜様……！」

彼らをその場に残し、葵を抱き上げた朧夜は、ゆっくりと燃えさかる屋敷の中へ入っていく。

なにもかもを失った彼が取りに戻ったのは、祝言の時用にとひそかに用意させていた、葵の白打ち掛けだった。

幸い、広蓋《ひろぶた》に載せ、御簾の向こうに置かれていた白打ち掛けにはまだ火の手は回っておらず、無事だった。

畳の上に横たえた葵に袖を通させると、血に塗れた単衣《ひとえ》から瞬く間に白い絹地が赤く染まっていくが、朧夜は意に介することなく、その身体を抱きしめた。

それまで堪えていた涙が、顎を伝って葵の頬に落ちる。

「……これはそなたのために、極上の絹で仕立てさせたものだ。そなたはいつも、本当に洒落っ気がないからな。祝言の時くらいはよいであろう？　よう似合うておるぞ」

そして、まるで葵が生きているかのように、話しかけた。

儀式でこれをまとった葵は、どんなに美しかったことだろう。

――朧夜！

自分の名を呼ぶ時の、彼の笑顔がたまらなく好きだった。

その笑顔を見たくて、なんでもしてやりたかったし、儀式を終え、祝言を挙げたあかつきには、思う存分甘やかしてやるつもりだった。

だが、なにもかも遅い。

これだけ雷鳴が轟いても、もう葵は怖がることもない。

自分の腕の中で体温を失いつつある彼の唇は、二度と朧夜の名を呼ぶこともないのだ。

素直に想いを告げておかなかった己の愚かさに、朧夜は後悔を噛みしめるしかなかった。

と、その時。

『忠告は遅かったか……我が倅よ』

聞き覚えのある声に振り返ると、そこには再び父の幻影があった。

「我は……父上とは違うっ！　葵が次の輪廻転生で生まれ変わっても、必ず見つけ出す……！」

叫びながら、朧夜は葵の亡骸の着物の胸元をはだけさせ、その胸の中央に残された傷痕にそっと口づける。

唇を離すと、痛々しかった矢傷はいくつかの紅い花びらが散ったような文様へと変化した。

来世、葵が生まれ変わった時、すぐにわかるように目印をつけたのだ。

すると、それを見守っていた父の幻影がゆらりと揺れた。

『そなたにも、わかっているはずだ。この者の魂は、あやかしであるそなたと契り続けたせいでボロボロで、もはや崩壊寸前であった。儀式なしでの転生は、恐らく不可能であろう』

「……葵の魂を消滅させるなど、そんなことは決してさせない。我が妖力のすべてを捧げてでも……！」

そう啖呵《たんか》を切った朧夜は、その言葉通り、自らの妖力で今にも崩れ落ちそうな葵の魂の欠片を一つ、また一つと繋ぎ合わせ始めた。

それは、気の遠くなるような作業だった。

粉々に砕けた玻璃《はり》のごとき欠片が集められ、ようやく元の形に近づくと、消えかけていた葵の魂はほのかに光を増す。

『……本来ならもう、転生はできぬ魂の状態であった。だが次に転生するのは、数百年先になるか、はたまた千年先か……だいぶ待たされるやもしれぬぞ？』

「……それでも、待ちます。待ち続けます」

きっぱりとそう言い切った朧夜は、一片の迷いもない眼差しをしていた。

実際、葵のいない人生などなんの意味もないと思った。

『……儂には、そなたほどの勇気がなかった。恋に生きる人生というのも、乙《おつ》なものやもしれぬなぁ。そなたを羨ましく思うぞ』

そう嘯いた父が、なぜだか少し悲しげに見えたのは、気のせいだったのだろうか？

外では、朧夜が呼び寄せた雷雲が稲妻を走らせ、激しい雨が降り続けている。

この雨で、屋敷周辺と森の火災は鎮火できるだろう。

朧夜は、白打ち掛けをまとった葵の亡骸を抱き上げる。

「この先、我は葵を待ち続けるためだけに生きます。我のことは、もう息子と思っていただかなくて結構。父上のご期待に添えず、跡を継ぐこともできず、申し訳ありませんでした」

幻影の父に決別の言葉を告げ、朧夜はそのまま一度も振り返ることなく、葵の亡骸と共に炎の中へ姿を消したのだった。


その後。

あやかしの王は、住み処だった還らずの森から忽然《こつぜん》と姿を消した。

京の都を離れ、ただひたすらに葵の魂の行方を追うためだけの、流転の旅へ。

それは長い、長い、思い出すだけで気の遠くなるような年月だった。

誰一人、供は持たぬつもりだったが、どうあってもついていくと聞かない風吹を連れ。

時は平安の世から鎌倉《かまくら》、南北朝《なんぼくちょう》、室町《むろまち》、安土桃山《あづちももやま》、江戸《えど》時代を経て。

そして明治、大正、昭和、平成を辿り……。

ようやく、迎えた令和。

朧夜と同じく不老長寿になるため、妖力を節約し、大型犬だった風吹は小型犬になり、青年の姿も子どもの姿になってしまったが、彼はずっと朧夜の従者として片時も離れず尽くしてくれた。

各地を転々とし、待ち疲れ、もう駄目だと思う時もあったが、一目葵に会うまではと、歯を食いしばって耐えた。

そして、今から二十一年前。

朧夜はついに、捜し求め続けていた彼の魂に巡り会えたのだ。

◇　◇　◇

「……ぁ……っ」

息が、苦しい。

呼吸をすることすら忘れていた喉が、酸素を求めてひゅっと鳴る。

ようやく我に返った晴葵は、慌てて鳳凰丸から手を放し、大きく喘いで深呼吸した。

どうやら朧夜の私室で、しばらく意識を失っていたようだ。

異空間では時間がわからないのでスマホの時間を確認すると、既に朝になっていた。

――な、なんだったんだ、今のは……？

今しがた目撃した映像を思い出すだけで、全身から冷や汗が噴き出してくる。

――あれが……俺の前世……？

今までさんざん、朧夜と風吹から聞かされてきた、『葵』という名の青年。

よく笑う、朗らかで元気のよい青年だった。

顔立ちや雰囲気も、どことなく自分に似ている気がする。

生まれ変わりなんて、まったく信じていなかったはずなのに、確かにあれは自分なのだとの確信があった。

千年前から、朧夜はなにも変わっていない。

いや、千年も人の世に紛れ、人間に擬態して暮らしてきたせいか、昔よりも大分牙を抜かれて丸くなったかもしれないが。

ようやく人心地を取り戻し、幻影を振り返ると、朧夜の父はふっと苦笑した。

『我が愚息ながら、手が焼ける。彼奴を拒むも受け入れるのも、そなた次第よ』

「あ、待ってください……！」

慌てて追い縋《すが》ったが、それだけ言い残すと幻影はふっと消えてしまった。

後には、まだ眠りについたままの朧夜と自分だけが残される。

今までは必死に否定してきたが、こうして前世を見せられてしまうと、もう言い逃れもできない。

「朧夜……」

なにが起きたのかも知らず、こんこんと眠り続けている朧夜の頬に手を触れようとし、はっと我に返って慌てて引っ込める。

前世で、朧夜は肌身離さぬほど大切にしていた鳳凰丸の手入れを葵に任せるようになり、葵も大切に扱っていた。

鳳凰丸が過去世の記憶をよみがえらせてくれたのは、そのせいなのだろうか……？

失われていた記憶は一瞬にして呼び起こされ、前世の葵だった頃のことも、なにもかも思い出した。

そして、自分がどれほど朧夜のことを愛していたのかも。

――確かに、俺は朧夜を愛してた……。

屋敷で働き始めた頃は、人身御供だったのを見逃してもらい、さらに拾ってもらった恩を返すために仕えていたつもりだった。

だが、人間の自分にほかのあやかしたちと分け隔てなく接してくれた彼の、不器用な優しさに次第に心惹かれていった。

半ば強引に、初めて朧夜に抱かれた時も、本心ではいやではなかったから、全力で抵抗もしなかったし逃げなかった。

父親のことがあって結婚を避ける朧夜が、単なる性欲処理として自分を扱うのであっても、それでいいと思ったのだ。

人とあやかしの恋など、成就するはずがないとわかっていたから。

彼が、自分の子を産めと言ってくれた時は、たとえそれが自分の命を永らえさせるための、やむを得ない手段だったとしても嬉しかった。

――でも、朧夜は俺を……ちゃんと好きでいてくれたんだ……。

なにも知らなかった。

朧夜の葛藤や本心をなにも知らぬまま、自分は勝手に彼を庇って死んだ。

遺された朧夜の気持ちなど、なに一つ考えもしないままに。

気持ちを伝えられぬうちに自分に死なれてしまった朧夜は、こんなにも長い間、ただひたすら葵の転生を待ち続け、捜し続けてくれたのだ。

なんて残酷なことをしてしまったんだろう。

すべてを思い出した今、晴葵は激しく動揺した。

――駄目だ、今はちょっと、朧夜に合わせる顔がないよ……。

いたたまれなくなって、晴葵は衝動的に朧夜の私室を出る。

それに、そろそろ出かけなければ店の開店に間に合わない時間が迫っていた。

急いで身支度を済ませ、二人が心配するといけないので、『今日は一人になりたい。久しぶりに泊まり込みで絵つけ作業をしたいので店に泊まる。心配しないでほしい』といった内容の置き手紙を残し、風吹に気づかれる前にマンションの部屋を飛び出す。

そして、とぼとぼと自分の店へ出勤する。

作務衣に着替え、いつも通り店番をしながら、気を紛らわすために店の掃除をしたり、在庫整理をしたりと忙しく立ち働いた。

そうしないと、よけいなことばかり考えてしまうから。

昼過ぎになり、客足も途絶えたので絵つけの作業に入ったが、どうにも集中できない。

——俺の記憶が戻ったこと、朧夜にバレるだろうか……？

彼が命と同じくらい大切にしている鳳凰丸を勝手に触ってしまったことに罪悪感があったし、記憶が戻ったと知られてしまったら、どんな顔をして会えばいいのかわからなかった。

眠りから目覚めてマンションに自分がいないと知ったら、ここまで迎えに来るかもしれない。

どうしよう、などと悶々としているとまったく仕事に身が入らず、晴葵はあきらめて手を止めた。

絵つけの仕事は繊細で、作り手の心情が如実に表れてしまう。

こんなフラフラした気持ちで絵つけをしてはいけないと、祖父から教え込まれていたからだ。

気分転換にと、いったん作業場を離れて店の外へ出た。

竹のベンチに腰掛け、商店街を行き交う人々を眺めながら少しぼんやりする。

世界はこんなにも平和で、それはいいことのはずなのに、なぜか自分だけが取り残されてしまったような感覚がつきまとう。

――――前世なんて、信じてなかったはずなのに……。

それでも、思い出してしまったからには否定しようがない。

深いため息をつき、ふと顔を上げると、晴葵はぎくりと動きを止めた。

いつのまにか、目の前にいつもの黒スーツ姿の朧夜が立っていたからだ。

「……目、覚めたんだ。なに、どうしたの？　こんな時間に」

こんな日中に朧夜がやってくることなど珍しかったので、てっきり連れ帰るために来たのだと警戒する。

「まだ仕事あるから、帰らないよ？」

先手を打ってそう宣言すると、彼は手に提げていたビニール袋を差し出した。

「そろそろ、アイス休憩の時間であろう」

確かに、篤志が来るのは店が暇な今時分で、なぜそれを知っているのか聞こうとし、やめた。

生まれた時から自分のなにもかもを把握している彼には、愚問だと気づいたからだ。

そして案の定、中身を見ると篤志がよく買ってくる、二つに分けて食べるチューブ型アイスだった。

「……一緒に食べる？」

一応そう聞いたが、朧夜は当然だとばかりに晴葵の隣に腰掛ける。

「あら、晴葵くん。今日はずいぶんイケメンさんと一緒なのね。お客さん？」

「え、ええ、まぁ」

通りかかった、ご近所の生花店のマダムにめざとく見つけられ、曖昧に笑って誤魔化す。

言われて初めて、自分と朧夜の関係を他人に説明するのは、ひどく難しいと気づいた。

朧夜は食べるのが初めてらしく、アイスを手に困惑していたので、晴葵が受け取って慣れた手つきでパキンと二つに割り、吸い口も折ってやってから一つ差し出す。

「そなたと篤志が、ここでよくこれを食べているのを見ていて……羨ましかった」

「え、なんで？　これ、普通のアイスだよ？」

「そなたと食べるなら、なんでもいいのだ」

ぶっきらぼうに答えると、朧夜は慣れない所作でアイスを揉んで吸っている。

一着百万以上もする、フルオーダーメイドのスーツをまとい、その左腕に輝くのは推定価格約六千万の超高級腕時計。

そしてあんな超高級タワーマンションのペントハウスに住むドセレブな彼が、たかだか百数十円のアイス（しかも半分）を嬉しそうに食べている様は若干奇異に映るが、不覚にも少し可愛いと思ってしまう。

幼少期から時折訪れては来たものの、恐らく自分に夢現の幻術をかけて本当の正体を明かすことのなかった、この二十数年間。

ただひたすら見守り続けることしかできなかった朧夜にとっては、並んでアイスを食べる、そんな些細なことすらようやく叶った願いだったのかと思うと、切なくなった。

朧夜は、自分が記憶を取り戻したことを、もう察しているのだろうか……？

こちらからはなにも言えず、晴葵もただアイスを吸うことに専念する。

「思い出したのだな、すべて」

「……っ」

図星を指され、晴葵は返事ができずにうつむく。

定刻を知らせる、町内会の音楽が商店街にゆったりと流れる中、二人はしばらく無言だった。

「……うん。すべてを思い出したよ、朧夜」

と、晴葵は初めて彼を呼び捨てにする。

前世の時と、同じように。

すると朧夜は、嬉しいような切ないような、少し複雑そうな表情になった。

「前世を思い出したからといって、今までとなにも変わらぬ。我はそなたを口説くし、それがいやなら拒めばいいだけのことよ」

「え……朧夜はそれでいいの？」

てっきり、過去世の記憶を取り戻したのだから今すぐ受け入れろ、子作りするぞと迫られるとばかり思っていた晴葵は、思わず拍子抜けしてしまう。

「よくはないな。なので引き続き、全力でそなたを口説く」

「あ～……あきらめてくれたわけじゃないんだ」

再びがっくりとはきたが、朧夜の今までとまったく変わらない態度に少しほっとした。

もしかしたら、自分は彼との関係が変わってしまうのを恐れていたのかもしれない、とふと気づく。

「……あのさ」

「なんだ？」

「今まで俺のこと、水鏡でしょっちゅう視てたの？」

生活のあらゆることを把握されていたのは、風吹がちょくちょく見張りに来ていたこともあるだろうが、過去世を視て、彼の水鏡の存在を思い出した晴葵はそう聞かずにはいられなかった。

晴葵とて、健康な成人男子。

人には見られたくないことも、それなりにある。

すると朧夜は、つと目線を逸らした。

「……そなたのプライバシーには、一定の配慮はしておったぞ」

「ホントかなぁ……」

疑いの眼差しを向けると、朧夜はますます明後日の方向を眺めながらアイスを食べている。

アヤシイなとは思ったが、それ以上の追及はやめておくことにした。

「水鏡使って、今の仕事の予知とかできるようになったの？」

「昔は必要がなかったが、人の世で生きるには日々の糧を得なければならぬのでな。だが、私情を挟むせいか、そなたに関する未来だけは視えぬのだ。これも我が抱える業なのであろう」

言われて、晴葵は両親が亡くなった頃、同じことを朧夜から聞いたのを思い出す。

未来予知ができないということは、危険をあらかじめ察知するのができないということだ。

なので、朧夜は風吹と共に水鏡や実際に監視する方法で、リアルタイムに晴葵を守り続けてきたのだろう。

「そうだ。眠ってる間に、鳳凰丸に勝手に触ってごめん」

朧夜がなにより大切にしている刀に無断で触れたことを謝らなければ、と思っていたので、晴葵はぺこりと頭を下げた。

「言うなって言われたんだけど、実は朧夜が眠りについてる時に、男の人が現れて……」

と、一応経緯を説明する。

「男？」

「俺が記憶を取り戻すと、その幻影みたいなのはすぐ消えちゃったんだ。朧夜によく似てたし、愚息って言ってたから、たぶん朧夜のお父さんだと思う」

そう話すと、心当たりがあるのか、朧夜が額に手を当てて呻いた。

「父上め……お節介なことを」

朧夜が、父親のことは話したくなさそうだったので、晴葵はそれ以上は聞かなかった。

「ね、なんで今までなにもしなかったの？　こう言っちゃなんだけど……さんざんストーカーしてたんだからさ、いくらだって機会はあっただろ？」

ずいぶんな言い草だな、という顔で、朧夜は晴葵を睥睨する。

「祖父君が存命の間は見守ると、そなたとの約束もあったしな。それに成人前の子どもを手込めにするわけにもいくまい。モラルに反する」

と、朧夜は意外に真面目なことを言う。

「それに……思い出したなら、わかるであろう。儀式を経ないままそなたと契りを結べば、再びそなたの寿命を削ることになる」

「……うん」

互いに避けたかった話題になってしまい、二人は沈黙した。

ひどく気まずくて、どうしていいかわからない。

間が持たなくて、晴葵はあっという間にアイスを食べ終えてしまった。

つと朧夜が手を差し出し、空き容器を受け取ってくれる。

その時彼の革手袋をはめた手が目に入り、晴葵は顔を伏せた。

「手の古傷……あの時のものだったんだね」

対あやかしの破魔の矢のせいで、驚異的な治癒力をもってしても完全には治らなかったのだろう。

すると、朧夜は感慨深げに己の手に視線を落とす。

「傷が残ってよかったのだ。これは、愚かだった己への戒めだ」

「朧夜……」

返す言葉に迷っていると、その間に朧夜が立ち上がる。

「本当に、今日はこちらに泊まるのか？」

「……うん、ちょっと一人で考えたいから」

「わかった」

強引に連れ帰られるかと思っていたが、なにかあったらすぐに知らせるように言い残し、朧夜はあっさり帰っていった。

やや拍子抜けしたが、考える時間ができたのでほっとする。

それからいつものように店番をし、閉店後は蠟燭の絵つけ作業に没頭し、夜八時過ぎにやれやれと二階へ上がった。

まずシャワーを浴び、風呂上がりに缶ビールを一本。

一人だとなにも作る気がしないため、冷蔵庫を漁ると、前に買い置きしておいた冷凍唐揚げがあったので、風吹に出してやろうと考えかけ、ここにはいないことに気づく。

結局、冷凍チャーハンとカップスープの簡単な夕食を摂った。

一人、もそもそとチャーハンを咀嚼していると、静か過ぎるのが気になって、テレビを点けてしまう。

久しぶりに戻った我が家で落ち着くかと思いきや、なんだか妙に静かで寂しく感じる。

――そうか、二人がいないからだ。

朧夜と風吹との賑やかな暮らしに、いつのまにかすっかり慣れてしまっていた自分に少し驚いた。

「……祖父ちゃん、俺、いったいどうしたらいい……？」

仏壇の祖父に助けを求めても、当然ながら返事があるはずもない。

ため息をついた晴葵は、早々に布団へ入ることにした。

朧夜は、晴葵の意志を尊重して辛抱強く待ってくれている。

わかってる、あとは自分が決断するだけなのだ。

だが、子授けの儀式を受ければ、自分は人間ではなくなる。

それは、今までごく普通の人間として生きてきた晴葵にとって、当然重い選択だった。

一朝一夕に答えを出せるものではない。

いくら考えても堂々巡りに陥ってしまうので、晴葵はあきらめて目を閉じたが、やはりなかなか寝つけなかった。

「なぜじゃ⁉」

風吹にギロリと睨まれ、晴葵は思わず首を竦める。

「おぬし、ようやく葵としての記憶を取り戻したというに、なにゆえさっさと朧夜様とらぶらぶにならんのじゃ〜〜〜⁉」

「大声出すなよ。そう話は簡単じゃないんだって」

風吹の叫び声がキンキンと頭に響き、晴葵はたまらず両手で耳を塞いだ。

晴葵が久しぶりに店に泊まった翌朝早々、朧夜から事情を聞いたらしい風吹が一人で店にやってきて、こうして叱られまくっているというわけだ。

「これが大声を出さずにいられるか〜！　おぬし、朧夜様を愛しておったのじゃろ？　だから子授けの儀式を受ける約束をしたんじゃろ？」

「だからぁ、それは前世の俺であって、今の俺じゃないから……」

「ええい、ぐだぐだと屁理屈を抜かすでないっ！　おぬしはさっさと、朧夜様の腕の中へ飛び込めばいいんじゃ〜！」

と、風吹は小さな足で地団駄踏んで怒っている。

「……わかっておるのか？　子授けの儀式を受けねば、おぬしは朧夜様のおそばにはいられなくなるのじゃぞ？　朧夜様も、そのことを案じておられるのに」

ぼそりと、風吹が呟く。

「……うん、よくわかってる」

前世の自分が、そのせいで弱りきって魂までボロボロになっていたことを思い出した晴葵は、神妙に頷いた。

朧夜を受け入れる気がないなら、今世では彼とは縁を切らなければならない。

わかっている。

だからこんなにも悩み、結論が出ないのだ。

「ああ、もう焦れったい！　朧夜様も朧夜様じゃ、おぬしの意志を最優先するなどと悠長なことはせずに、さっさと手込めにして儀式を行ってしまえばよいものを！」

ひとしきり嵐のように怒鳴りまくった風吹は、疲れたのかふぅ、と吐息をついて、レジカウンターにいる晴葵の隣に座り込む。

千年もの間、朧夜と共にひたすら『葵』の転生を待ち続けてきた風吹にとっては、まどろっこしいことこの上ないのだろう。

彼の気持ちもわかるので、晴葵はそっと風吹の頭を撫でてやった。

「風吹も……ありがとな。俺の転生を待つために、子どもの姿になったんだな……」

「そんなことはどうでもよい。おぬしが拒むのなら、朧夜様はもう二度とおぬしの前に姿を見せぬおつもりだ。わしとも……もう会えぬのじゃぞ？」

それが寂しい、と風吹の小さな背中が雄弁に語っている。

「ごめんな、風吹。俺も……ちゃんと考えるから」

今は、それしか言えなかった。

結局、まだ朧夜の許へ戻る気にはなれず、晴葵は風吹を帰し、その晩も店に泊まることにした。

朧夜から、晴葵の自由にさせるように言い含められているらしく、風吹は渋々一人で帰っていった。

その後ろ姿を見送りながら、晴葵は罪悪感に苛《さいな》まれる。

だが、今はもう少し考える時間が欲しかった。

閉店時間に店のシャッターを閉め、いつものように蠟燭作りの作業を終えてそろそろ夕食にしようかなと思ったところで、裏口のインターフォンが鳴る。

「はい」

誰だろう、と鍵を開けて出てみると、そこに立っていたのは篤志だった。

「あ、篤志。おまえも仕事終わったのか？　まぁ、上がれよ」

いつもはおやつ休憩に来るのに、連絡もなしに夜来るなんて珍しいなと思いながらも、とりあえず二階に上げてやる。

「夕飯は食ったのか？　俺も今から作るから、腹減ってるなら一緒に食う？」

いつもの調子でそう話しかけるが、篤志は無反応のまま晴葵の方へ歩み寄ってくる。

そして唐突に、尋常ならざる様子で高らかな声を上げて笑い出した。

「いいぞ、すべてを思い出したのだな？　葵。俺を受け入れる準備ができたか」

「あ、篤志……？」

明らかに普段と様子が違う親友の様子に、晴葵はあっけに取られる。

そして先日の彼の異変を思い出し、なぜだか背筋がぞっとした。

別人のように歪んだその表情には、見覚えがある。

そう……千年前のあの日、朧夜を殺そうと挑みかかった時の、あの焔の顔だった。

「おまえ……もしかして焔……なのか⁉」

「よくぞ思い出した。朧夜に封印されしこの千年、長かったぞ……だが、これでようやく願いが叶う。今度こそ俺のものになれ、葵」

そう囁き、篤志に乗り移った焔は凄まじい力で晴葵を抱きしめてくる。

「離せ、今の俺は、もう葵じゃない……‼」

全力で抵抗したが、人間離れした力に叶うはずもなく、そのまま居間の畳の上に押し倒されてしまった。

「篤志！　正気に戻れよ、篤志ってば……‼」

必死に親友の名を呼ぶが、「無駄なことよ」と焔にせせら笑われる。

「憎き朧夜のせいで、俺は肉体を失った。現世を生きるに、この身体はちょうどよい。今はまだ馴染ませているところだが、いずれ完全に俺のものにしてやろう」

「ふざけんなっ！　篤志の身体から出てけよ！」

両足をばたつかせ、声の限りに叫んだ、その時。

突然室内にスーツ姿の朧夜が出現し、間髪いれぬ早業で篤志の首筋に手刀を振り下ろした。

「うっ……！」

「朧夜……！」

篤志が意識を失い、そのままがっくりと晴葵の上に倒れ込んできたので、慌てて抱き留める。

顔を確かめてみると、いつもの篤志の穏やかな表情だったので、ほっとした。

どうやら、朧夜の来訪を察した焔は、いち早く逃げてしまったようだ。

「篤志……篤志！」

肩を摑んで揺さぶっていると、朧夜が気つけの術をかけてくれたらしく、ややあって篤志が顔をしかめながら目を開ける。

「う……ん、晴葵……？　あれ？　俺、いつのまにおまえんちに……？」

と、驚いて周囲を見回しているので、やはり焔に操られていた間の記憶はないようだ。

「最近、たまにおかしくてさ。ふっと気づくと、ぜんぜん知らない場所にいたり、何時間も記憶がなくなったりするんだ。俺、どうかしちゃったのかな……？」

焔に身体を乗っ取られているのを薄々自覚しているのか、不安そうな篤志に、晴葵は申し訳なさで一杯になった。

「……ごめん、篤志。ぜんぶ、俺のせいなんだ……」

「え、なにが？」

さっぱり訳がわからないという表情の篤志に、どう説明していいかわからず、晴葵は返事に詰まる。

すると、朧夜が「少々込み入った事情があるのだが、晴葵の友人であるきみが巻き込まれている」と代わりに言い添えた。

「あ、晴葵を狙ってるイケメンセレブ……」と篤志が、朧夜を見てぼそりと呟いている。

「……すべて終わったら、必ず説明する。それまで待ってもらえる？」

晴葵の真摯な表情に、篤志は彼を見つめ、それから朧夜をちらりと見て、困惑げに頷いた。

「なんだかよくわからないけど、なにか事情があるんだな？　わかったよ、ちゃんと解決したら話してくれ」

「ありがとう、篤志……」

身体はなんともないと言うので、そのまま篤志を帰した後、晴葵は改めて朧夜に向き直る。

「どうして、焔が篤志の身体に……⁉　いったい、なにが起きてるんだ⁉　俺にもわかるように、ちゃんと説明してくれよ……！」

なにも話してくれない朧夜に焦れ、そう叫ぶと、彼はつと切れ長の目を伏せた。

「……少し前のことだ。我が千年前に焔を封印した祠が、ここ最近の都市開発で壊されたらしい」

「え……？」

朧夜の話では、結界が破られる気配を察し、即座に現地の京都へ確認に行ったのだが、その時には焔を封じた祠があった崖は既に跡形もなく掘り崩された後だったという。

「封印が破られた今、焔は恨んでいる我を殺しに来るであろう。そして、再びそなたを奪いに現れるはずだ。それゆえ護衛のため、そなたを近くに置いたのだ」

それでは、あの強引な同居話は、その実自分を焔から守るためだったのか？

初めて明かされる事実に、晴葵は愕然とした。

「……なんでそれ、最初に言わないんだよ⁉　いっつも言葉が足りないんだよ、あんたは……っ」

「前世の記憶がない状態のそなたに話したところで、信じてもらえるとは思えなかったのでな。やむなく強硬手段に出た。許せ」

珍しく殊勝に謝られてしまうと、それ以上なにも言えなくなってしまう。

「焔は……そなたに執着していた。そなたに近しい人間の身体を乗っ取り、肉体を得て今世こそ思いを遂げようとしているのであろう」

千年前、朧夜は葵との最期の約束を守り、焔を殺さなかった。

だが、祠に封印され、どうしても脱出することができなかった焔は、朧夜への恨みを抱いたまま自ら命を絶ったらしい。

そうして、朧夜へ復讐を果たすため、『葵』を我が物にするために自ら怨霊《おんりょう》と化し、その機会を狙っていたのだ。

千年もの永きに亘って練り上げられた呪詛と怨嗟は、どれほどのものだろうと想像しただけで、晴葵は背筋がぞっとする。

「も、もし完全に焔に乗っ取られたら、篤志はどうなるの？」

「篤志の自我は消滅するであろう。肉体は焔のものとなる」

「そんな……」

「焔とは、いずれ決着をつけねばならぬ時が来ると思っておった。ただ、妖力の大部分を失った今、此度は怨霊と化した焔には勝てぬやもしれぬ」

「朧夜……」

確かに、千年前は絶大な妖力を誇る彼だったが、葵の魂を再生させ、転生するまでの軌跡を追うために大部分の力を手放してしまった朧夜は、当時とは比べものにならないほど弱体化しているだろう。

それは、晴葵にも薄々わかっていた。

「案ずるな。相討ちに持ち込んででも、今度こそ焔は倒す。さすれば、そなたの身の安全は保証されよう。我と暮らすのがいやなら、この店に戻り、今まで通り暮らすがよい」

朧夜のそばに居続ければ、子授けの儀式を行わない限り、前世の葵のように晴葵の寿命を縮めてしまう。

晴葵が自分を受け入れないのなら、その意志を尊重し、焔を倒したら再び距離を置いて見守るだけのつもりなのだ、この人は。

それがわかった時、晴葵の内にはなんとも表現し難い感情が湧き上がってきた。

「……なんで？　千年も追いかけてきたのになんで、そんなに簡単に……あきらめられるんだよ⁉」

生まれた瞬間から朧夜に執着され、振り回され、挙げ句の果てには求婚までされてうんざりしていたはずなのに、なぜそんなことを言ってしまったのか、自分でも理解できなかった。

すると、朧夜は美しい切れ長の瞳でじっと晴葵を見据える。

そして、次の瞬間、強い力で抱きしめられた。

「わからぬか……？　我には、なによりそなたのしあわせが一番大事だからだ」

「朧夜……」

晴葵の髪に頬を寄せ、彼が続ける。

「今世でそなたが我を愛さずとも、ほかの誰を愛したとしても、我は変わらずそなたを愛し続ける」

愛してる、と朧夜が耳許で囁く。

今世を逃したら、もう二度と巡り会うことは叶わないかもしれない。

なのに、朧夜はただひたすらに晴葵のしあわせを最優先に考えているのだ。

どうしていいかわからなくて、晴葵はただされるがままだった。

やがて、朧夜がそっと身体を離す。

「これで焔には、警戒された。彼奴が不意打ちで襲ってくる前に、先に見つける。焔を捜しに行ってくる。そう何度も、そなたの大事な友人の身体を乗っ取らせるわけにはいかぬからな」

「い、いつ戻るの？」

ついそう聞いてしまったが、朧夜はそれには答えなかった。

「風吹には、我の不在の間はそなたのそばから離れぬよう申しつけてある。なにか困ったことがあれば、風吹に言うがよい」

「朧夜……！」

晴葵の叫びに、朧夜が振り返る。

「……絶対、絶対死ぬなよ⁉　死んだりしたら、許さないからな⁉」

すると、朧夜がふっと微笑んだ。

「千年生き抜いた、我のしぶとさを信じよ。そなたと今世で結ばれぬまま死ぬなど、あり得ぬ」

「ま、またそういうこと言うっ！」

セクハラだぞ、と晴葵はぶつぶつ文句を言うが、少しほっとする。

が、彼がそのままふっと消えてしまった後は、また不安が募ってきた。

「朧夜……」

彼は、焔との相討ち覚悟で戦うつもりなのだ。

——朧夜が死んじゃうなんて、絶対いやだ……っ！

この気持ちが前世からの想いなのかどうかはわからなかったが、なにか彼の力になりたいと強く思う。

だが、襲ってくる敵は絶大な妖力を持つ、しかも怨霊化したあやかしだ。

ただの人間で非力な自分に、いったいなにができるだろう？

晴葵は必死でそれを考え、はっと顔を上げる。

そして、急いで階下へ向かい、作業場で大切に保管してある祖父のノートを取り出した。

ページをめくり、びっしりと記録された中から、蠟燭には魔除けの効果があるという記述を探す。

――俺にも、できることがあるかも……。

晴葵はそれから、真剣に祖父の遺したノートを読み耽った。

ほとんど眠れぬまま朝を迎えると、朧夜に言われたのか風吹が店にやってきた。

「……朧夜は？」

「焔を捜しておられる。おぬしも警戒するのじゃぞ」

「……」

その日は客も少なかったので、意を決した晴葵は『都合により、数日休業させていただきます』という張り紙を出し、いつもの営業時間より早めに店を閉めることにする。

「どうしたのじゃ？　おぬしが大事にしておる店を休業するなんて」

「風吹、悪いけど、このまま二、三日は店に泊まるから、帰れない。俺のことは、しばらく放っておいてほしいんだ」

そう頼むと、風吹はびっくりして、外では出さない犬耳と尻尾をピンと出してしまう。

「そ、そんな、駄目じゃ！　もしおぬしの身になにかあったら、朧夜様に叱られてしまうっ！」

「お願い、風吹。この通りだから」

両手を合わせ、いつになく真剣に頼んでくる晴葵に、風吹もそれ以上なにも言えなくなる。

「……しかたがないのぅ。ただし、なにかあったらすぐにわしを呼ぶんじゃぞ？　わかったな？」

「うん、ありがと」

なんとか説得して風吹を帰し、晴葵はおもむろに準備を始める。

念のため、作業前にシャワーを浴び、身を清めて新品の作務衣に袖を通す。

このまま、徹夜で作業するつもりだった。

作業中髪が落ちないようにきっちりバンダナを巻いた晴葵が、全精力を注ぎ、作ろうとしているのは魔除けの蠟燭だ。

『いいか、晴葵。蠟燭には不思議な力があるんだ』

それは生前の祖父の口癖だった。

祖父が、今では継承者も数少なくなった、昔ながらの手作業での蠟燭作りにこだわり続けたのは、そうした力を信じていたからかもしれない。

蠟燭は宗教的な儀式でよく使われるが、火は万物を清め、魔除けになるとされているからだ。

蠟燭の火は、光として闇を照らし、その温もりで人々の心を癒やして見守ってくれる、そういう御仏の慈悲《じひ》を表しているらしい。

店の奥の作業場で深呼吸し、精神統一した晴葵はまず最初の作業、芯巻きにとりかかる。

蠟燭の芯部分には竹串に和紙を巻き、その上に藺草《いぐさ》を丁寧に巻きつけていき、最後に薄く真綿で包み込んで固定する。

次に、出来上がった芯を長い竹串に一本一本刺し、炭火で溶かした木蠟《もくろう》に漬け、乾燥させる『芯つけ』という作業を何度も繰り返す。

祖父が先祖代々受け継いできた和蠟燭は、今では高価で希少な国産の櫨《はぜ》の実を圧搾して油脂成分を抽出し、精製した木蠟を使う。

匂いも煤《すす》も少ないのが特徴だ。

和蠟燭には、『手掛け』と『型掛け』の二種類の製法がある。

手掛けは、棒に刺した芯を転がしながら何層もバームクーヘンのように蠟を重ねて太くしていく、古来の手法。

型掛けは、木型、または金型に芯を入れ、蠟を流し込んで固める手法だ。

祖父は、今では職人も少なくなった手掛けにこだわり、一つ一つ丁寧に蠟燭を作り続けてきたので、晴葵もその伝統の技を受け継いで大切に守り続けている。

――神様、仏様、もう誰でもいいから、お願いします。どうか朧夜を守ってください……！

そして、復讐に凝り固まった焔がその妄執を捨て、成仏できますように、という思いを込めて、晴葵は一心不乱に蠟燭を作った。

この若さで自分が和蠟燭職人の道を目指したのも、すべてはこの時のためだったような気がした。

芯つけを数十回繰り返した後、左手の上で転がしながら手のひらで蠟の形を整え、下掛け塗りで表面を滑らかにしていく。

蠟の温度は約四十五度ほどだが、慣れない最初の頃はうっかり火傷をして大変だった。

今回作るのは、特大の棒百匁《ぼうひゃくもんめ》というサイズで、一本で約十時間火を灯すことができるが、かなりの太さなので年輪状の層を重ねていくのに時間がかかる。

乾燥後、上掛けすり、上掛け塗りなどいくつもの工程を経て形を整え、蠟燭の上部を炭で温めた包丁で切って芯を出す。

最後に出来上がった蠟燭を串から抜き、下部を同じ長さに揃えて切れば完成だ。

和蠟燭は一般的に白蠟燭と朱蠟燭があり、各宗派によって考え方や使い方が異なるが、赤は魔や災厄を防ぎ、邪気を払う力があるとされる色なので、今回はすべての蠟燭を赤く染めた。

――祖父ちゃん、どうか俺に力を貸して……！

天国にいる祖父にも祈りながら、晴葵は全精力を込めてひたすらに蠟燭を作り続けた。

「できた……」

店も閉めて三日三晩、ほとんど休憩も取らず、眠らずに仕上げた大量の蠟燭を前に、晴葵は思わず脱力する。

あまりに酷い格好なのでとりあえず残りの力を振り絞り、シャワーを浴びて着替え、蠟燭を詰めた鞄を提げてふらふらと店を出た。

どうにか朧夜のマンションに戻ると、玄関のドアを開けて出迎えてくれたのは朧夜だった。

「朧夜……戻ってたの？」

「ついさきほどな」

朧夜もこの数日、焔の妖力を探知し、京都まで飛んであちこち捜し回っていたらしいが、結局発見することはできなかったようだ。

「どうした？　酷い顔をしておるぞ。寝ておらぬのか？」

「大丈夫、これから寝るから」

目の下に濃い隈《くま》を作った晴葵は、玄関で靴を脱いで部屋へ上がる。

「焰はきっとまた、篤志に乗り移って現れると思う。その時、これ使って」

と、精魂込めて作った、朱蠟燭の束を詰めた鞄を差し出した。

「これは……そなたが作ったのか？」

「魔除けの蠟燭……正直俺はまだ半人前だから、祖父ちゃんのほど効果があるかどうかは保証できないんだけどさ」

少しでも朧夜の力になりたい、そんな気持ちを酌《く》み取ってくれたのか、朧夜が微笑む。

「礼を言うぞ。百人力だ」

「……ホントに？」

朧夜の無事な顔を見て、そしてほっとしたせいか、それまで保っていた緊張の糸がぷつりと切れ、ぐらりと視界が揺らぐ。

「晴葵……！」

バランスを崩した晴葵の身体を、朧夜が咄嗟に抱き留めてくれる。

「ごめ……」

なんでもないから、と言おうとしたが、もう眠くて目を開けていられない。

次に気づいた時には、朧夜に軽々と横抱きにされて運ばれ、私室のベッドの上に横たえられていた。

「朧夜……」

「ゆっくり眠るがよい」

朧夜の大きな手が、そっと髪を撫でてくれる感触がひどく心地よくて。

ふと、幼い頃雷の晩に現れた朧夜のことを思い出した。

「ふふ……もう俺、雷怖くないよ？」

あの頃から、自分はずっと朧夜に守られていた。

雷は怖くなくなったけれど、朧夜に撫でられるのは心地いい。

晴葵はそのまま、気絶するように爆睡したのだった。


一晩、ぐっすり眠ってすっかり回復した晴葵は、翌日からは店を開け、いつも通りに働いた。

あの後、朧夜はまたすぐ出かけてしまったようで、それきり会えずにいる。

こんなに会えなくなるなら、眠いのを我慢してもっと話をしておけばよかった。

そんな後悔を引きずったまま、日々は過ぎていく。

「ね、どうして朧夜は戻ってこないのかな？　もしかして、なにかあったんじゃ……」

「朧夜様に限って、そんな心配は無用じゃ。案ずるでない」

そう晴葵をたしなめながらも、風吹もやや不安げだ。

「さぁ、そろそろ店を閉めて部屋へ帰ろう。朧夜様のお帰りを待たねば」

「……そうだね」

風吹に促され、晴葵もいつものように店じまいの仕度をする。

「お待たせ、風吹……？」

すべての戸締まりを済ませ、店へ戻ると、風吹はなぜか犬の姿に戻り、レジカウンターの上に倒れていた。

「風吹⁉　風吹！」

驚いて身体を揺するが、風吹は深い眠りに落ちているらしく目覚めない。

すると。

「邪魔な従者は眠らせてやったわ」

ふいに、驚くほど近くから声が聞こえてきて、晴葵が振り返ると、いつのまにか店内に篤志が立っていた。

音も気配もなく、確かに戸締まりしたはずなのに、どこから侵入してきたのかすらわからない早業だった。

「篤……焔？」

もう表情で篤志かそうでないかの区別がつき、晴葵はその名を呼んだ。

「ふはは、朧夜は俺を捜し回って、肝心の葵のそばにおらぬとはな。愚か者めが」

そう嘲《あざけ》り、焔が晴葵の前まで歩み寄る。

「さぁ、今度こそ俺のものになるのだ、葵」

「焔……あんたとは行かないよ。俺には俺の意志がある。もう篤志に乗り移るのはやめてくれ」

晴葵がきっぱりと拒むと、焔の表情が醜く歪んだ。

「なぜだ……⁉　なぜ皆、半妖ごときの朧夜ばかりもてはやす⁉　父上だって十六夜ばかり可愛がって、俺には目を向けてくださらなかった……！」

やはり朧夜との確執は、引いてはその父親である十六夜との確執なのだろう。

千年経っても未だ肉親への恨みを引きずる焔を、晴葵は哀れに思う。

「焔、あんたはもう死んでるんだ。妄執は捨てて成仏してほしい」

「はっ、成仏だと⁉　俺は朧夜を倒すために自ら肉体を捨てたのだ。そのためになら、鬼にでも蛇にでもなってくれようぞ！」

元の篤志とは似ても似つかぬ邪悪な表情で嘲笑し、焔はそう嘯く。

「だが、朧夜を倒すのは、おまえを我がものとしてからだ。大事なおまえを奪われた、彼奴の吠え面を拝むのが楽しみよ」

と、焔が晴葵に向かって手を伸ばした、その時。

「生憎、そうそう思い通りにはさせぬぞ、焔」

聞き覚えのある声がして、次の瞬間、黒スーツ姿の朧夜が姿を現した。

「朧夜……⁉」

「ば、馬鹿な！　貴様の気は今、確かに京都に……」

「あれは我の身代わりだ。まんまと罠にハマったな」

朧夜が言うや否や、小気味のよい音を立てて指を鳴らすと、一瞬にして風景が変わり、周囲は闇に包まれる。

天井も床も見えない、ただひたすらに暗闇が支配する空間。

古い木造家屋、なにより晴葵が大切にしている祖父の店内で大立ち回りをするわけにもいかないので、ここは彼が作り出した異空間なのだろうと、晴葵は察した。

そして、朧夜はスーツの上着を脱ぎ捨て、ワイシャツにネクタイ、ベスト姿になった。

革手袋をはめた右手で刀の柄に親指をかけ、完全に臨戦態勢だ。

その出で立ちで、すらりと腰の鳳凰丸を抜き、切っ先を焔に向ける。

「此度《こたび》こそ決着をつけよう、焔。来るがよい」

「くそっ……！　そっ首、捻り飛ばしてやるわ……！」

怒りに我を忘れた焔が、一瞬にして変化し、篤志の身体は炎に包まれた獣になる。

間髪いれず飛びかかられ、朧夜はその一撃を鳳凰丸で防いだ。

「朧夜……！」

朧夜は、千年前から比べれば妖力を著しく失っている。

事実、焔の鬼気迫る猛攻に、若干押され気味に見えた。

それに、篤志の身体に乗り移っている焔を斬れたとしても、篤志自身が傷を負うことになるのではないか。

晴葵の胸は心配で張り裂けそうだ。

――そうだ、蠟燭……！

晴葵は咄嗟に叫ぶ。

「朧夜！　蠟燭使って……!!」

それを聞いた朧夜が再び指を鳴らすと、晴葵が丹精込めて作った朱色の蠟燭が次々と空中に出現し、彼らを取り囲むように大きく円陣を描く。

朧夜がなにか呪文を唱えると、その手にある鳳凰丸の刃に、メラメラと燃え立つ深紅の炎が浮かび上がった。

朧夜が鳳凰丸を大きく一振りすると、刃から飛んだ炎が一瞬にしてすべての蠟燭に火を灯す。

深い、ただひたすらに暗闇だった異空間が、蠟燭の灯りで明るく照らされた。

「う……ぐあ……ぁ……！」

すると、途端に焰が苦しみ出す。

怨念に凝り固まり、魔そのものと化した焰にとって、魔除けの蠟燭で結界を張ったこの空間は耐え難い苦痛を伴うのだろう。

実際火を灯してみるまでわからなかったが、想像以上の効果に晴葵は驚いた。

「焰……！」

思わず晴葵は両手を合わせ、祈る。

どうか焰が妄執を捨て、成仏できますようにと。

そんな晴葵の姿を目にして、地面をのたうち回っていた焔が驚きで瞠目する。

「俺のために……祈ってくれるのか？　葵。俺の謀のせいで、命を落としたというに」

「もう、遠い昔のことだよ。すべて終わったことなんだ。いくら後悔しても、もう過去は変えられない。焔もどうか、楽になってほしい」

晴葵の言葉に、鋭い牙と爪を剝き出しにしていた焔がつと戦闘態勢を解いた。

炎の獣は勢いを失い、再び篤志の身体に戻る。

「千年前、俺は……葵、おまえを手に入れることを焦り、結局おまえを失った。いくら後悔してもしきれなんだ。ずっとおまえに謝りたかった……その後悔を、朧夜を憎むことで誤魔化し続けてきたのやもしれぬ」

「焔……」

焔は彼なりに、封印されていた永い年月の中、己の行いを悔いていたのだ。

それは、ひしひしと伝わってきた。

「そして今世でも、おまえは朧夜を選ぶのだな……この蠟燭からは、おまえの想いが溢れておる。朧夜の身を案じ、朧夜の力になりたいという気持ちが、な……」

完全に俺の負けだ、と焔がまるで独り言のように呟く。

そして、彼は朧夜を振り返った。

「ふはは……認めたくはなかったが、俺は貴様に嫉妬していたのだろう。だが、いくら足掻こうと、勝負は既についていたようだ。葵の気持ちは、変えられぬ」

「……焔」

「貴様の鳳凰丸ならば、怨霊と化した俺のみを斬ることができよう。さぁ、すべて終わらせろ。やるがいい！」

朧夜は焔のしたことを、許したわけではないし許せるはずもない。

だが、千年もの永きに渡る因縁を断ち切るには、彼の魂を浄化させてやるしかないとわかっているのだろう。

「その潔さや、よし。鳳凰丸は魔を滅する刀。そなたの最期、しかと見届けてやろう！」

朧夜が叫ぶと、異空間に雷鳴が轟き、稲妻が彼が手にしている鳳凰丸へと吸い込まれていく。

朧夜が愛刀をなぎ払うと、鳳凰丸から凄まじい光が走った。

そして、一閃。

「うぉおおおお…………!!」

長く尾を引く断末魔の叫びを残し、仰け反った篤志の身体から、ふっと焔の霊体が分離する。

実際に斬る瞬間は、目には見えなかった。

事実、篤志の身体には傷一つつかず、がっくりとその場に頽れる。

「篤志……！」

思わず駆け寄って抱き起こす間に、先刻まであれほどの邪気を放っていた焔の霊体は、美しい煌《きら》めく光に包まれ、ホロホロと崩れるように消滅していく。

「葵……俺の成仏を願ってくれて礼を言う。……どうか、しあわせに……」

「焔……」

鳳凰丸によって浄化された焔の魂は、金色の微粒子となって風に流れ、異空間を漂い、やがて天へと昇っていった。

と同時に、朧夜が張った結界が解け、周囲は元の店の中へ戻る。

すると、ややあって篤志が目を開けた。

「……あれ？　ここどこだ？　俺、また……？」

「篤志……！」

親友の無事に、ほっとして涙が出そうになり、晴葵は朧夜を見上げる。

「本当に、終わったの……？」

「ああ、焔の魂は浄化された。もうこの世にとどまることはないであろう」

「そっか……よかった……」

焔もどうか、安らかに眠ってほしい。

晴葵は心からそう願った。

すべてが終わり、やや放心していると、朧夜がまだすやすやと眠っている風吹を抱き上げる。

「篤志に事情を説明してやるがよい。我は風吹と先に戻っていよう」

「朧夜……」

「そなたが我の許へ戻ってもよいと思うなら、早く帰ってくるがよい」

背中を向けたまま言い残し、朧夜は店を出ていった。

そうだ、焔のことは解決したとしても、朧夜の求愛を受け入れるかどうかは、まだなにも決めていない。

だが、まずは篤志と話をしなければ、と晴葵は彼に向き直った。

「長い話になるんだ。信じてもらえるかどうか、わからないけど……聞いてくれる？」

と、前置きすると、篤志が頷く。

「俺ら、何年の付き合いだと思ってんだよ。最近のおまえ、なんか俺に隠し事あるってわかってたさ。その方がいやだった。なんでも話してくれよ」

そう言われ、晴葵は思い切って親友に一部始終を打ち明けた。

千年前の前世のこと、朧夜があやかしであること、そして、彼と前世で恋仲であり、朧夜が自分の輪廻転生を追い続けてきたこと。

前世からの因縁で、怨霊と化した焰が篤志の身体を乗っ取ったこと。

朧夜との戦いで、焰は成仏し、篤志にはもうなんの害もないことなどを順序立てて説明する。

一笑に付されてもしかたがないと思ったが、篤志は最後まで真剣に聞いてくれた。

「……なるほど、とりあえず俺の身体はもう大丈夫ってことで安心したぜ。しかしどうりで朧谷さん……じゃなくて、朧夜さんって、初対面の時からちょっと人間離れしてると思ったんだよな。若く見えるのに、妙に老成したとこあるし」

「俺の話、信じてくれるの……？」

「嘘にしちゃあまりに突拍子なさ過ぎて、逆に信憑性《しんぴょうせい》あるよ。そっか、輪廻転生とかぜんぜん信じてなかったけど、世の中には科学で解明できないことってのもあるのかもな」

と、篤志は一人納得している。

「……で？　晴葵はどうするんだ？　その子授けの儀式ってのを受けるのか？　断るのか？」

率直に聞かれ、再び、今まで先延ばしにしてきた問題に向き合わねばならなくなる。

「……自分でも、どうしていいかわからないんだ」

「晴葵は真面目だからな。どうせ前世の自分と今世の自分は違う人間、とかこだわっちゃってるんだろ？」

まさに図星を指され、晴葵は困惑する。

「前世は関係なしに、今の自分の気持ちに正直になればいいんじゃね？　今、おまえは朧夜さんのことを好きなのか、そうじゃないのか。一生そばにいてほしいのか、そうじゃないのか。単純な話だろ？」

「篤志……」

自分はいったい、どうしたいのか？　なにを望んでいるのか？

朧夜と離れ、今世ではごく平凡な人生を生きるのか。

普通の人間として、いずれ朧夜以外の誰かと出会い、恋をして結ばれて。

それは穏やかで平穏ではあるだろう、けれど……。

――いやだ、そんなの。

咄嗟に、心がそう拒否していた。

前世はもうどうでもいい、今の自分が朧夜のそばにいたいのだ。

「はは、おまえ子どもの頃から正直だよな。顔に答えが書いてある」

と、篤志が茶化す。

「人間じゃなくなるって決断するのは、並大抵のことじゃないと思う。でもそこまでしても一生そばにいたいって思える相手に出会えたなら、それはもうしあわせって言っていいんじゃないかと、俺は思うぞ？」

「……うん、俺もそう思う」

なんだか涙が出そうになって、晴葵はそれを堪えて笑って見せた。

「たとえ晴葵が不老長寿になったとしても、子どもを産んだとしても、俺はおまえの親友だ。今までとなにも変わらないよ」

「……ありがと、おまえ、ホントいい奴だな、篤志」

親友の懐の深さが嬉しくて、晴葵は込み上げてくる涙を堪えるのが精一杯だった。


篤志を見送り、急いで店を閉めた晴葵は、取るものもとりあえず急いで朧夜のマンションへ向かった。

走って、走って、走って。

久しぶりに全力疾走したので、エントランスに着いた時には息が上がってしまい、運動不足だなと実感する。

エレベーターで上がり、合い鍵で玄関を開けると、朧夜が待ち構えていた。

「……ただいま」

「……おかえり」

ひとまず肩で呼吸する晴葵の息が落ち着くまで、二人の間に沈黙が続く。

「なぜ、ここに戻った……？」

やがて朧夜がらしくなく、困惑げにそう問う。

「なに言ってんだよ。自分が早く帰ってこいって言ったくせに」

「それはそうだが……もう焔の件は片がついたし、そなたは己の好きなように生きてよいのだぞ？」

この返事は、とても大切な気がして、晴葵は一生懸命言葉を探したが、結局シンプルな答えになってしまった。

「俺が……ここに帰ってきたかったから。朧夜と、風吹のそばにいたかったから……だから戻ってきたよ」

「晴葵……」

それを聞き、もはや我慢の限界だというように朧夜が晴葵を抱きしめる。

「選択肢は与えた。もう、決して離してはやらぬぞ……？」

「……うん」

これは自分の意志で決めたことだ、と晴葵はきっぱりと頷く。

そして、なんだかんだ言いながら、最後は自分に選択させてくれた朧夜の度量の大きさに感謝した。

「前世の俺は、確かに朧夜を愛してた。でも今世の俺は、前世の記憶を取り戻しても葵とは別人だけど……それでももう一度、朧夜と一緒にいたいと思ったんだ」

だから、戻ってきたのだ。

朧夜の見守りのせいで恋愛未経験の晴葵にとって、この気持ちが恋なのかどうかはよくわからなかったが、それでも彼のそばにいたいと願う。

すると、朧夜が晴葵の顎に指をかけて上向かせ、じっと瞳を見つめてきた。

唇を求められているのだと察し、どくんと鼓動が高鳴ってしまう。

「本当に、よいのだな……？」

返事の代わりに、晴葵はぎゅっと目を閉じる。

するとややあって、そっと柔らかい感触が唇に触れてきた。

これが、キスなのか。

初めてのはずなのに、初めてな気がしないのは、やはり前世の記憶のせいなのだろうか？

「ん……っ」

最初は軽く触れ合うだけの、遠慮がちだったものが、次第に角度を変え、何度も、何度も繰り返されていく。

つい夢中になっていると、朧夜の舌が巧みに入ってきて、舌を絡め合う大人のキスへと移行した。

「ぁ……ふ……っ」

うまく鼻で呼吸できなくて、晴葵は酸欠でギブアップする。

「……ちょっと待ったっ！　誰かさんのせいで俺は筋金入りの恋愛ビギナーなんだから、初回はこれくらいにしといてよっ」

「酷なことを言う。我はそなたに口づけるのに千年待ったのだぞ？」

モメながら、またくだらない言い合いをしているなとふと我に返り、顔を見合わせて笑ってしまう。

「……俺、儀式を受けるよ。朧夜の子を産んで、一緒に同じ時を生きたい」

「晴葵……っ」

満身の力で抱きしめてくる朧夜の肩が、わずかに震えているのに気づき、晴葵は少し背伸びして、自分も力一杯彼の広い背中を抱きしめてやったのだった。

◇　◇　◇

そして、いよいよ次の新月を待って臨んだ儀式の晩。

晴葵は丁寧に入浴して身を清め、用意されていた純白の寝衣を羽織った。

言われた通り朧夜の寝室のドアをノックし、扉を開けると、室内は畳の上に寝具が敷かれ、純白の蚊帳が吊られている。

前に朧夜が眠りについた時の部屋とよく似ていて、そこは普段の朧夜の寝室ではなく、異空間にある儀式の場のようだった。

朧夜も、同じく純白の寝衣を身につけ、布団の脇に正座して晴葵を待っていた。

「遅くなってごめん」

緊張の面持ちで蚊帳を潜り、晴葵も彼の前に正座しようとすると、朧夜がなぜかそれを止める。

「儀式の前に、これを羽織って見せてはくれぬか？」

「え……？」

朧夜が枕許に用意していた、畳紙《たとうがみ》の中から取り出したのは、絹で織られた高級そうな白打ち掛けだった。

「これ……」

「あの時、命あるうちにそなたに着せてやれなかったからな」

朧夜の気持ちが痛いほどわかった晴葵は、それを受け取り、彼の前で寝衣の上から羽織ってみせた。

「……どう、かな？」

「……よう似合うておるぞ」

感無量といった様子の朧夜を見ていると、なんだかこっちまで胸が熱くなってくる。

涙ぐんでしまいそうになるのを堪えて、晴葵は白打ち掛け姿のまま改めて朧夜の前に正座し、対面で向かい合う。

「本当に、よいのだな？」

「……うん」

覚悟は、既に決めてきた。

晴葵は、ぎこちなく三つ指を突いて頭を下げる。

「不束者ですが、幾久しくよろしくお願いします」

そんな彼を、もはや我慢の限界だったのか、朧夜が皆まで言わせぬ勢いで掻き抱く。

「晴葵……っ」

「朧夜……っ」

愛おしげに今世の名を呼ばれ、晴葵の胸に言い知れぬ喜びが湧き上がる。

「前世のそなたも、今世のそなたも愛している」

そう耳許で囁かれ、ぞくりと肌が粟立った。

小気味よい音を立てて朧夜が指を鳴らすと、いつのまにか夜具の周囲を晴葵の作った和蠟燭が取り囲み、次々と炎が点いていく。

「そなたの作った蠟燭は、邪気を通さぬ。これに囲まれて儀式を行うのも、また一興であろう」

「ん……っ」

幻想的な蠟燭の炎の揺らめきの中、二人は無我夢中で抱き合う。

「ようやく、そなたを再びこの腕に抱くことが叶ったのだな……もう、二度と離さぬ」

「俺も……っ、もう絶対に離れないよ……っ」

そんな睦言《むつごと》を交わし合う余裕すら、すぐになくなって。

羽織ったばかりの白打ち掛けも、朧夜の手によってするりと脱がされてしまう。

瞬く間に互いの着物をかなぐり捨て、二人は生まれたままの姿に戻って四肢を絡め合った。

ああ、懐かしい、朧夜の肌の感触だ。

肉体は変わっても、心はちゃんと憶えていると、感動に泣きそうになってしまう。

前世では、互いに本心を伝えることができないまま悲劇を迎えてしまったが、今世は違う。

「愛してる、晴葵」

「俺も、愛してるよ、朧夜」

心からの愛を伝え、睦み合う。

すると、それだけで快感が倍増するのが不思議だった。

そして、溺《おぼ》れそうなくらいに、息継ぎすら忘れてしまうほどのキス、キス、キス……。

口づけだけで、頭の芯がじん、と痺れてしまうほどの陶酔が晴葵を襲う。

「ぁ……っ」

朧夜の唇がささやかな胸の尖《とが》りを捕らえ、舌先で舐め転がされて思わず声が漏れてしまう。

世界中で一番大切な宝物をいとおしむように、愛でるように、朧夜の指先が、唇が、晴葵の全身を辿っていく。

時間をかけて、じっくりと。

すべてを暴かれていく間、晴葵は必死に羞恥を堪えてぎゅっと目を閉じた。

いつのまに用意していたのか、今まで誰にも触れられたことのない、ひそやかな蕾にぬるりとした感触があり、潤滑油を塗り込められていくのがわかる。

ゆっくりと丹念に、朧夜の指が一本、また一本と増やされていく。

「は……ぁ……っ」

ふるふると閉じた睫毛を震わせ、晴葵はその生々しい感覚に耐えた。

もう大丈夫だから、と懇願したくなるまで、朧夜は慎重に晴葵を馴らしていく。

「……いいか？」

「……うん」

いよいよ、だ。

と緊張するより先に、朧夜に唇を塞がれ、ゆっくりと挿入される。

彼の屹立《きつりつ》の大きさはかなりのもので、当然圧迫感は強かった。

「ぁ……っ」

「つらいか？」

「……大丈夫、だから」

少しでもいやがるそぶりを見せたら、朧夜がすぐやめてしまいそうだったので、彼の首に両手を回してしがみつく。

「は……ぁ……」

じっくりと、時間をかけて。

求めるままに最後まで与えられ、晴葵は喉を反らして喘いだ。

初めてなのにあまり苦痛を感じず、奥を突かれる快感の方が勝るのは朧夜のおかげなのだろうか？

懐かしい、この感覚。

憶えは確かにある、が今の肉体では知らなかった悦楽に、晴葵は薄い胸を喘がせ、ただ翻弄されるしかない。

「なんか、も……無理……っ」

「これしきのことで音を上げるのか？　千年ぶりにようやくそなたを抱いたのだ。一晩中可愛がってやろう」

「そんなん……身が持たないってば……ぁ……っ」

この身体では確かに初体験のはずなのに、前世の記憶で自分は朧夜から与えられる快感をいやというほど知っている。

それはひどく不思議な感覚だった。

「すまぬ……我も限界だ。優しくしてやれぬやもしれん」

「……いいよ」

もっと、激しくして。

昔みたいに。

そう耳許で囁くと、朧夜が「煽るな」と低く呻いた。

次第に激しくなる律動に、無意識のうちに手を伸ばし、シーツを摑みしめる。

するとそれを追って朧夜の大きな手が、晴葵の手を包み込み、一本一本指先を絡めてきた。

互いに両手を握り合い、夢中でキスを繰り返す。

「ぁ……ん……っ」

「ぁ……ふ……っ」

何度も、何度も口づけても、まだ足りない。

体位を変え、寝具の上で上になり、下になり。

激しく情熱的に求められ、揺さぶられ。

晴葵も必死に恋しい男の背にしがみつく。

「俺のこと……ずっとずっと捜して、待ち続けてくれて、ありがと……っ」

「晴葵……」

せわしない呼吸の下で、ずっと言いたかったお礼を口にすると、なぜだか胸が詰まって、ぽろりと涙が零れた。

それを、朧夜が唇で拭い取ってくれる。

「我は今、千年以上生きてきて最高にしあわせな気分を味わっておるぞ」

「ホントに……？」

愛していると、幾度伝えてもまだ足りない。

それはまさに、魂の渇望であった。

「あぁ……朧夜……朧夜……っ」

「晴葵……っ」

これが儀式だということも、いつのまにかすっかり頭から飛んでいて、ただひたすらに互いを求め続ける。

「ん……あぁぁ……っ！」

やがて、自身の奥に朧夜の熱い精の迸りを感じた瞬間、晴葵も長く尾を引く悲鳴を上げ、遂情《すいじょう》したのだった。


「……これで、赤ちゃんできたの……？」

儀式が終わった後、まだ半信半疑で、晴葵は薄い己の下腹部を手で撫でる。

「ああ、きっと我らによく似た、玉のように愛らしい子が産まれるであろう」

そんな晴葵の肩を抱き寄せ、朧夜も大きな手のひらを重ねて愛おしげに摩《さす》った。

「既に千年生きた身だ。我の残りの寿命がどれほどあるかはわからぬが、残りの余生、我と同じ時を生きてくれるか……？」

「どこへでも、ついていくよ。言ったろ、もう二度と離れないって」

と、晴葵は朧夜の逞しい胸板に頬を寄せる。

なんだかひどく、彼に甘えたい気分だった。

「でもさ……今の日本では、俺たち現実の結婚はできないんだよね」

地域によってはパートナーシップ制度はあるが、同性同士の婚姻、及び入籍は現在の日本では認められていない。

せっかく子どもも産まれるのに、法的に家族になれないのは少し残念だった。

とはいえ、千年生きてきた朧夜は既に何度も偽造戸籍を乗り換えている身なので、あまり意味はないのかもしれないが。

すると、朧夜がいともあっさり、「そんなことはない」と否定する。

「え……でも……」

「そうさな、あと一年ほど待つがよい。ちょうど我らの子が産まれる頃だ」

と、朧夜は意味深な予言をしたのだった。

◇　◇　◇

「わ〜、遅刻する！　まずい！」

寝癖でハネまくった髪もそのままに、朧夜の寝室を飛び出した晴葵はシャツを羽織りながらバスルームへ走り、超特急で身支度を調える。

それから急いでキッチンへ向かうと、そこでは既に朧夜が粉ミルクを作っていた。

「ごめん、寝坊しちゃった」

「昨夜は太陽《たいよう》の夜泣きが激しかったからな。気にするな。ほら、今はご機嫌だぞ」

と、彼はベビースリングで胸に抱っこしていた赤ん坊を晴葵に見せる。

青のベビー服を着せられているのは、太陽と名づけられた彼らの息子だ。

子の名前については二人で本当にあれこれ考え、さんざん悩んだが、出会った人たちを照らす太陽のような存在になってほしいという願いを込めて決定した。

「おはよ、太陽。う〜ん、今日も世界一可愛いね！」

と、晴葵は愛らしい我が子のふくふくのほっぺにおはようのキスをした。

すると、太陽はご機嫌なのか、紅葉《もみじ》のような小さな手を握ってきゃっきゃと笑う。

生後三ヶ月になるとだいぶ顔もしっかりしてきて、赤ちゃんらしくなってきた。

「ね、太陽は将来すごいイケメンになると思わない？　ほら、目許なんか朧夜にそっくり」

「耳の形と鼻は晴葵に似ておるぞ」

「そうかな？」

可愛い我が子の顔は、いくら眺めていても飽きない。

二人は、ここが互いに似ている、とても可愛い、などと太陽が生まれてから、もう何度繰り返したかわからない親バカぶりを発揮する。

子授けの儀式から、約一年と少し。

十月十日の後、晴葵は出産を経験し、二人は晴れて父親となった。

普通に病院で産むわけにはいかないので、朧夜が用意した結界の中、二人きりでの出産だったが幸い安産で、晴葵も子も無事だった。

意外だったのは、朧夜が率先して育児を受け持ってくれたことだ。

恐らく、事前にいろいろ勉強してくれていたのだろう。

風吹ももちろん手伝ってくれたが、沐浴や授乳、オムツ換えなど朧夜の育児スキルはかなりのもので、おかげで晴葵は産後の身体をゆっくり休めることができた。

太陽が生まれてから、朧夜は子育てに専念するために仕事を制限し、ごく一部の上客のみの鑑定を引き受けている状況だ。

朧夜の突然の育児休暇通達に、今までの顧客たちは困惑の悲鳴を上げているそうな。

以前宣言した通り、朧夜は今世では晴葵に尽くすつもりなのだろう。

それは、晴葵が大切にしている店を続けさせるためだとわかっていたので、朧夜にはいくら感謝してもし足りなかった。

「遅刻するぞ。早く食べるがよい」

「うん、いただきます！」

朧夜が用意してくれた、ハムエッグとトースト、フルーツサラダの朝食をありがたくいただく。

太陽も、そろそろ生後三ヶ月になるので、最近ずっと閉めていた店をようやく再開したところだ。

これからまたバリバリ働かなければ、と晴葵は張り切っている。

――この子の戸籍のことも、考えなきゃ。

出産後の体力も大分回復してきたので、ようやくそうした現実的なことを考える心の余裕も出てきた。

戸籍がなければ出生届も出せないし、学校に行かせることもできない。

――朧夜は、どう考えてるんだろう？

現在の日本では同性同士の結婚はできないので、自分が朧夜と養子縁組するしかない。

が、さらに太陽も養子縁組すると、自分と太陽は朧夜の息子というややこしいことになってしまう。

だが、法律上血縁関係にないと同居していることをいろいろ周囲から勘ぐられそうだし……などと考えながら、いい具合に焼けているバタートーストを囓っていると、点けっぱなしだったテレビの朝のワイドショーの途中で緊急速報のテロップが入る。

なんだろう、と注目していると、それは以前から話題になっていた、日本で同性婚がついに認められることになったというニュースだった。

するると、向かいの席で太陽にミルクを飲ませていた朧夜が呟く。

「予想通りの時期だったな。これで我らも結婚できるぞ」

「……え、まさか……？」

嘘だよね、と首を傾げながら朧夜を見ると、彼はにやりと人の悪い笑みを浮かべた。

「法務大臣は我の上客だ。とはいえ、法案を成立させるのには根回しに少々苦労したがな」

「マジか～～!!」

いとも容易く政治家を手玉に取っている朧夜に、晴葵は驚きのあまり言葉を失う。

「太陽の戸籍は用意させた。我らが入籍した後、書類上は養子として引き取ったことにすればよい。これで我らも、晴れて正式な家族になれるな」

「朧夜……」

自分たちの子である太陽も、恐らく成人まで成長した後は、若い姿のまま普通の人間よりも長生きするだろう。

子授けの儀式を経て、晴葵は正確には人間ではなくなった。

あとどれくらい朧夜の寿命があるのかは神のみぞ知るが、彼と同じ分だけの不老長寿を得て、ここから先は年を取らなくなるらしいので、今の店もあと二十年ほどで畳んで転居しなければならないだろう。

だが、そんな不自由さと引き換えにしても朧夜のそばにいると決めたのだ。

「戸籍がどうでも、俺たちはもう立派な家族だよ。そうだろ？」

「晴葵……」

紙切れ一枚のことなんて、どうだって構わないが、太陽の今後などを考えれば結婚できるに越したことはない。

朧夜の気持ちもわかるので、晴葵は立ち上がって太陽ごと、そっと彼を抱きしめた。

「でも、ありがと。すっごく嬉しい」

「……そうか」

晴葵がにっこりすると、朧夜も嬉しそうだ。

二人に密着され、太陽もきゃっきゃと笑っている。

「ああっ、また二人で朝っぱらからイチャイチャしてる！　遅刻しても知らんぞ、晴葵」

と、そこへリビングへ入ってきた風吹に叱られ、二人は急いで身体を離した。

「イ、イチャイチャなんかしてないよ？」

「はいはい、言い訳はいいから早う仕度をせい。太陽はわしが見ておるゆえ」

と、風吹は慣れた手つきで朧夜から太陽を受け取り、上手にあやし始める。

最近、ようやく風吹は『葵』ではなく『晴葵』と呼んでくれるようになった。

太陽を、まるで実の弟のごとく可愛がってくれている彼も育児を手助けしてくれるので、大助かりだ。

いずれ住み慣れた故郷を離れなくてはいけないのは寂しかったが、それまで精一杯祖父から受け継いだ伝統技術を後世に残していきたいと思う。

——父さん、母さん、祖父ちゃん、俺、家族ができたんだ。もう一人ぼっちじゃないよ。だから安心してね。

心の中で、天国にいる両親と祖父にそう報告する。

これからは風吹も含め、世界一大切な家族と共に生きていく。

いつものように家族全員で賑やかな朝の食卓を囲みながら、晴葵は心からの笑顔を見せた。

こんにちは、真船《まふね》です。

今作は担当様といろいろ打ち合わせをしている最中、「厨二設定てんこ盛りなお話はどうか」というテーマで盛り上がり、爆誕した作品です（笑）

洋装に日本刀が激ツボな私たちの、萌えが詰まった内容……！

どうか、皆様にも楽しんでいただけるといいのですが……！

作中、二人がデートしているラビットランドという遊園地は、拙著のクロスノベルス様の過去作でも舞台になっていますので、よかったら探してみてください。

他の作品でも、また登場するかもしれません（笑）

そして、今回イラストを担当してくださった一夜《ひとよ》人見《ひとみ》様。
実は以前からひそかにファンだったので、快くお引き受けいただいた時は本当に嬉しかったです！
朧夜《ろうや》と晴葵《はるき》もイメージぴったりですし、風吹《ふぶき》のポメ姿も少年バージョンも、その愛らしいことといったらもう……！（↑拳を握って力説）
特に、前世の二人と今世の二人を絶妙のバランスで表現していただいた

あとがき

表紙は最高にお気に入りで、ＰＣの壁紙にさせていただいています。

お忙しいところ、素敵なイラストを本当にありがとうございました！

この場をお借りして、お礼申し上げます。


そしてなにより、この本を手に取ってくださった皆様に、心からの感謝を捧げます。


前作から少し間が空いてしまいましたが、次作はそう遠くないスパンでお目にかかれるはず……？

次も読んでいただけたら、これに勝る喜びはありません。

今後ともなにとぞ、よろしくお願い申し上げます。

真船るのあ

CROSS NOVELS既刊好評発売中

掃除○　茶道×　食欲◎!?
花嫁修業、頑張ります!

うちの花嫁が可愛すぎて困る

真船るのあ　Illust 壱也

売れっ子作家・顕彦の助手に選ばれた苦学生の千羽矢。

破格のバイト代と美味しい食事……が、うまい話にはやはり裏がある。

突然「女装をして婚約者のふりをして欲しい」と言われ、いざ花嫁修業!?

由緒正しい家柄の旧家である顕彦の家族たちを前にまさかの大奮闘!

そんな中、顕彦から「可愛い」と猛アプローチを受け、気づけばドキドキが止まらなくて♡

溺愛ベタ惚れセレブ小説家×愛嬌100%大学生の甘々ラブコメディ!

CROSS NOVELSをお買い上げいただきありがとうございます。
この本を読んだご意見・ご感想をお寄せください。

〒110-8625 東京都台東区東上野2-8-7　笠倉出版社
CROSS NOVELS 編集部
「真船るのあ先生」係／「一夜人見先生」係

CROSS NOVELS

朧月夜に愛されお輿入れ

著者
真船るのあ

2022年6月23日　初版発行　検印廃止

発行者　笠倉伸夫
発行所　株式会社　笠倉出版社
〒110-8625　東京都台東区東上野2-8-7　笠倉ビル
[営業] TEL　0120-984-164
FAX 03-4355-1109
[編集] TEL　03-4355-1103
FAX 03-5846-3493
http://www.kasakura.co.jp/
振替口座　00130-9-75686
印刷　株式会社　光邦
装丁　コガモデザイン
ISBN 978-4-7730-6338-7
Printed in Japan

CROSS NOVELS